आबिद सुरती

आबिद सुरती का जन्म 5 मई, 1935 को राजुला, जिला सौराष्ट्र, गुजरात में हुआ। उन्होंने बम्बई से एस.एस.सी. और सर जे. जे. स्कूल ऑफ आर्ट, बम्बई से कला-अध्ययन किया।

लेखक, चित्रकार और कार्टूनिस्ट के रूप में प्रख्यात आबिद ने 80 से अधिक पुस्तकें लिखी हैं, जिनमें 45 उपन्यास, 10 कहानी-संग्रह समेत 7 नाटक भी शामिल हैं। उन्होंने बच्चों के लिए भी लिखा है। उनकी चर्चित पुस्तक 'काली किताब' का सात भाषाओं में अनुवाद हुआ है। उनकी और कई पुस्तकों का भी मराठी, हिन्दी, अंग्रेजी, कन्नड़, मलयालम, तेलुगु, उड़िया, उर्दू और पंजाबी सहित अन्य कई प्रादेशिक भाषाओं में अनुवाद हो चुका है। उन्होंने रेडियो और बम्बई दूरदर्शन के लिए नाट्य लेखन, फिल्म-पटकथा-लेखन किया। बम्बई दूरदर्शन द्वारा तीन उपन्यासों पर टेली फिल्मों का निर्माण। 'राधे राधे-हम सब आधे' शीर्षक नाटक का लेखन एवं निर्देशन। फिल्म सर्टिफिकेशन बोर्ड, फिल्म राइटर्स एसोसिएशन और एसोसिएशन ऑफ राइटर्स एंड इलस्ट्रेटर्स फॉर चिल्ड्रेन, दिल्ली के सदस्य रहे। 'धर्मयुग' पत्रिका के लोकप्रिय कार्टून कोने 'डब्बूजी' का तीस साल तक निरन्तर चित्रांकन एवं लेखन किया। एक चित्रकार के रूप में आबिद सुरती की कलाकृतियों की अनेक प्रदर्शनियाँ आयोजित हुई हैं। चित्रकला में उनके प्रयोगों पर भारत सरकार के फिल्म प्रभाग ने 'आबिद' शीर्षक एक रंगीन फिल्म बनाई थी, जिसका निर्देशन ख्यातिप्राप्त निर्देशक प्रमोद पति ने किया था।

'तीसरी आँख' कहानी-शृंखला के लिए 1993 में उन्हें 'राष्ट्रीय पुरस्कार' से पुरस्कृत किया गया। इसके अलावा उन्हें 'हिन्दी साहित्य संस्था सम्मान', 'गुजरात गौरव' से भी सम्मानित किया जा चुका है।

काली किताब

आबिद सुरती

राजकमल पेपरबैक्स

पहला पुस्तकालय संस्करण
विवेक प्रकाशन, दिल्ली द्वारा
1975 में प्रकाशित

राजकमल पेपरबैक्स में
पहला संस्करण : 1989
तीसरा संस्करण : 2025

राजकमल पेपरबैक्स : उत्कृष्ट साहित्य के जनसुलभ संस्करण

राजकमल प्रकाशन प्रा. लि.
1-बी, नेताजी सुभाष मार्ग, दरियागंज
नई दिल्ली-110 002
द्वारा प्रकाशित

शाखाएँ : अशोक राजपथ, साइंस कॉलेज के सामने, पटना-800 006
पहली मंज़िल, दरबारी बिल्डिंग, महात्मा गांधी मार्ग, प्रयागराज-211 001
1, अनमोल सोराबजी सन्तुक लेन, धोबी तलाव, मरीन लाइंस, मुम्बई-400 002

वेबसाइट : www.rajkamalprakashan.com
ई-मेल : info@rajkamalprakashan.com

विकास कंप्यूटर एंड प्रिंटर्स
ट्रॉनिका सिटी-201 102
द्वारा मुद्रित

मूल्य : ₹199

KALI KITAB
Novel by Abid Surti

ISBN : 978-81-7178-066-2

काली किताब

काली किताब, यानी बेशक काली। एक काला विचार मन में उभरा और काले शब्द बहते चले गए।

- तब—
- यम-ज़लाल ने सबको सम्बोधित कर कहा
- कि जो घोड़े अपंग हो जाते हैं,
- उन घोड़ों को दाग दिया जाता है,
- क्योंकि वे घोड़े किसी काम के नहीं होते।
- इसी तरह जो स्त्री-पुरुष वृद्ध हो जाते हैं
- वे भी किसी काम के नहीं रहते;
- बल्कि वे युवकों की प्रगति को रोकते हैं।
- इतना ही नहीं;
- वे समाज की प्रगति में भी बाधा बन जाते हैं।
- इसलिए—
- ऐसे वृद्ध कि जो बोझ समान हैं,
- उन्हें जीवित ही दफना दो!

एक काला मसीहा धीरे-धीरे पैदा हो रहा था।
एक काला समाज आकार लेता चला आ रहा था।
पर क्या वह समाज सचमुच इस सफेद समाज के मुकाबले काला था!
आबिद सुरती का एक अनोखा, निडर प्रयोग
—पर सिर्फ़ खुले दिल-दिमाग के पाठकों के लिए!

1 : काली किताब की महिमा

1. यह एक किताब है कि जो अन्धकार से भी ज्यादा काली है और प्रकाश से भी ज्यादा सफेद है। 2. इसमें सूरज की आग है और चाँद की ठंडक है। 3. इसमें समुद्र का तूफान है और धरती की स्थिरता है। 4. इसमें पतिव्रताओं की उदासी है और हरजाइयों की चेतना है। 5. इसमें जंगली जानवरों की गर्जना है और न बोलनेवाले जानवरों की खामोशी है। 6. इसमें मुर्दों की सड़ाँध है और जवानी की खुशबू है। 7. इसमें लहू की मिठास है और नीम की कड़वाहट भी है। 8. यह जो किताब है इसे सारी मानव जाति के उद्धार के लिए शैतान ने आकाश पर से उतारा है और यम-ज़लाल द्वारा इसका प्रचार करवाया है। 9. इसलिए हे श्रद्धालुओ, इस किताब में आस्था रखो और सुखी होओ।

2 : आकाशवाणी

1. ओपारकोमान। 2. यम-ज़लाल का जन्म जिस देश में हुआ था, वह यही था। 3. इस देश में शायबेनान नाम की एक विशाल नगरी थी। 4. बलबोन नाम का राजा वहाँ राज्य करता था। 5. इस नगरी में सौ से अधिक दरवाजे थे। 6. तीस खिड़कियाँ थीं। 7. पिचानवे मुहल्ले थे। 8. पचीस रास्ते थे। 9. बहुत-से पानी के घाट थे। 10. तीन सौ कुएँ और बावड़ियाँ थीं।

11. इस नगरी में चौकीदार नहीं थे। 12. इस नगरी में कैदखाने नहीं थे। 13. मकानों के खिड़की-दरवाजों पर कभी किसी को ताला लगाने की जरूरत नहीं पड़ती थी। 14. इस नगरी के निवासी ईश्वर के भक्त थे और वे सब एक ही ईश्वर को मानते थे। 15. इस सारी नगरी को ईश्वर ने अपने फौलादी पंजे में जकड़ रखा था।

16. उस समय—

17. एक अँधेरी रात में इस नगरी के निवासियों ने एक आकाशवाणी सुनी— 18. ईश्वर का साम्राज्य अब अन्त के निकट आ गया है

और बहुत जल्दी एक मार्गदर्शक तुम्हारा उद्धार करने के लिए जन्म लेगा। 19. इस आकाशवाणी को सुननेवाले लोग अँधेरे आकाश को फटी-फटी आँखों से देखते रहे।

3 : प्रभु यम-ज़लाल का जन्म

1. प्रभु यम-ज़लाल का जन्म इस तरह से हुआ। 2. अनूप नाम के गाँव में रहनेवाली कलशायली नाम की युवती को एक पाले हुए पशु ने गर्भवती किया और कलशायली के माँ-बाप अत्यन्त हर्षित हो उठे। 3. इसका कारण यह था कि उस अँधेरी रात में सुनाई पड़नेवाली आकाशवाणी उन्होंने भी सुनी थी। 4. और इसी तरह के किसी एक-आध अवसर की प्रतीक्षा वे कर रहे थे। 5. पर वे यह नहीं जानते थे कि वह सुखद अवसर उनके अपने ही घर में अंकुर की तरह फूट निकलेगा? 6. वे इतने प्रसन्न हुए कि इस बात को दूसरों को जतलाने को उतावले हो उठे।

7. उसी रात को शैतान ने उनको स्वप्न में दर्शन दिया 8. और कलशायली द्वारा पाले हुए पशु से गर्भ-धारण की बात को छिपाकर रखने की आज्ञा दी। 9. तभी कलशायली बोल उठी कि इस रहस्य को अधिक दिनों तक छिपाकर रखना सम्भव नहीं। 10. इस पर शैतान ने उससे कहा कि तू इसकी चिन्ता न कर, यही तेरे हित में है। 11. जो बालक तेरे पेट में आकार ले रहा है वह तो महान उद्धारक है। 12. उसकी

वाणी में मानवजाति के लिए प्रेम होगा और उसकी आँखों में जादू
होगा। 13. वह जहाँ-जहाँ जाएगा और जिस-जिस चीज को छुएगा,
उसी-उसी में चमत्कारिक परिवर्तन हो जाएगा। 14. मृत्यु को प्राप्त
हुए प्राणी भी उसके छू देने से उठ बैठेंगे और धूल के कण उसे छू
लेने से सोने के कण बन जाएँगे।

15. इसलिए हे कलशायली!

16. तू अपने इस गर्भ को लेकर कोफ़ाया नाम के पहाड़ पर चली जा,

17. जिससे कि कोई उसके जन्म के बारे में न जान सके।

18. शैतान ने यह सब इसलिए कहा, क्योंकि वह बालक की रक्षा
करना चाहता था। 19. और शैतान सबसे बड़ा रक्षक है।

4 : दो चन्द्रमाओं का एक साथ दिखाई देना

1. अब बात यों हुई कि जिस दिन अनूप गाँव की कलशायली
को पाले हुए पशु से गर्भ रहा, उसी रात आकाश में एक साथ दो
चन्द्रमा दिखाई दिए 2. और 'शायबेनान के राजा बलबोन ने उन
दोनों चन्द्रमाओं को अपने महल से देखा। 3. उसने फौरन अपने
ज्योतिषियों को इकट्ठा किया 4. और उसने विनती की कि वे उसे
उन दोनों चन्द्रमाओं का अर्थ समझाएँ।

5. उसके बाद—

6. उन्होंने राजा से कहा कि हे बलबोन! 7. आज से ठीक नौ
महीने बाद तेरे राज्य में एक ऐसा बालक जन्म लेगा जो शैतान
का पुत्र होगा 8. और जो इस संसार में बड़ी भारी क्रान्ति करेगा।
9. इसलिए सावधान!

10. देखो! 11. ईश्वरभक्त राजा बलबोन का जोड़-जोड़ काँप
उठा। 12. उसने अपने ज्योतिषियों से फिर विनती की कि क्या कुछ

ऐसा नहीं हो सकता, जिससे इस गर्भ को रोका जा सके 13. और
यह विपत्ति टल जाए। 14. तब ज्योतिषियों ने अपनी लाचारी जताते
हुए सिर झुका दिए। 15. किन्तु उनमें से सबसे बड़े ज्योतिषी ने
नक्षत्रों की कुछ और गणना की 16. और राजा को कुछ और
जानकारी दी 17. और कहा कि हे बलबोन! 18. शैतान के इस
पुत्र का जन्म पश्चिम दिशा में अनूप नामक गाँव के आसपास कहीं
होगा। 19. इसलिए उस दिशा में अपने आदमियों को भेजकर पता
लगवा 20. और जो-जो स्त्रियाँ गर्भवती हों, उन्हें बन्दी बनाकर कैद
में डाल दे 21. जिससे बालक के जन्म लेने पर तू उसे पहचान सके।

22. तब राजा ने अपने घुड़सवार अनूप की दिशा में दौड़ा
भेजे 23. और अनूप की सारी गर्भवती स्त्रियों को उसने बन्दी बना
लिया। 24. अनूप में हाहाकार मच गया 25. क्योंकि यह पाप कार्य
और किसी ने नहीं, 26. ईश्वर के परमप्रिय भक्त ने ही किया था।

5 : कोफ़ाया के पहाड़ पर

1. तेरहवीं होरा के दिन अन्धड़ चलने लगा 2. और सारी रात बिजली की कड़क के साथ मूसलाधार वर्षा होती रही। 3. उसी काली रात को कोफ़ाया पहाड़ की एक तंग गुफा में कलशायली ने एक पुत्र को जन्म दिया 4. और अचानक सारा वातावरण शान्त हो गया। 5. किन्तु अन्धकार कम नहीं हुआ। 6. लगता था जैसे अन्धकार की एक मोटी परत सारे संसार पर एक लम्बे समय के लिए स्थिर हो गई हो। 7. ओपारकोमान-जैसा विशाल देश और शायबेनान-जैसा बड़ा नगर भी इस अँधेरे के नीचे अदृश्य हो गया था। 8. लोगों के चेहरों पर भारी चिन्ता झलक रही थी।

9. सबसे अधिक चिन्ताजनक स्थिति ईश्वर के पुत्र समान राजा बलबोन की थी, 10. क्योंकि सबसे अधिक पुण्यशाली वही कहलाता था। 11. और इसीलिए सबसे ज्यादा भय भी उसे ही लग रहा था। 12. उसने अपने मंत्रियों को बुलाकर बन्दी स्त्रियों के बारे में पूछताछ की, 13. तो उसे पता चला कि अनूप से बन्दी बनाई गई लगभग

सभी स्त्रियों की प्रसूति हो चुकी है 14. और उन सभी स्त्रियों की गोद में एक-एक बालक खेल रहा है।

15. बलबोन राजा ने अपना यह निर्णय कि इन सभी बालकों को मार डाला जाए, अपने मंत्रियों पर प्रकट किया। 16. अब प्रश्न यह था कि ओपारकोमान देश में एक भी खूनी, हत्यारा या जल्लाद नहीं था। 17. इसलिए बालकों की हत्या कौन करे? 18. बलबोन ने सारे नगर में ढिंढोरा पिटवाया। 19. फिर भी उसे शायबेनान के पवित्र नगर में कसम खाने तक के लिए कोई हत्यारा नहीं मिला।

20. तब—

21. बलबोन राजा ने अपने भरे दरबार में स्पष्ट शब्दों में घोषणा की 22. कि नास्तिकों की हत्या करने में जरा भी पाप नहीं है, 23. वरन पुण्य है। 24. धर्म संकट में हो तो धर्म की रक्षा के लिए अधर्मियों के प्राण हर लेने से ईश्वर प्रसन्न होता है। 25. क्या यह तुमने नहीं सुना है? 26. और इससे स्वर्ग में स्थान मिलता है। 27. क्या तुम यह भूल गए हो?

28. बलबोन की वाणी सुनकर कुछ नागरिक 29. जो कि मांस बेचने का व्यापार करते थे, कुछ प्रभावित हुए 30. और अनूप की हर औरत से पैदा हुए बच्चे की हत्या करने के लिए तैयार हो गए। 31. दूसरे दिन बन्दी स्त्रियों की गोद में से बालक छीन लिये गए 32. और अनूप की स्त्रियाँ रोती-पीटती, 33. शाप देती, 34. अपने गाँवों की दिशा में चल दीं।

6 : बाल-प्रभु यम-ज़लाल की वाणी

1. अनूप में प्रविष्ट होकर ये सारी दुखी स्त्रियाँ कोफ़ाया के पहाड़ पर चली गईं 2. और कलशायली की गोद में खेलते हुए बालक को देखकर उनकी आँखें फिर से भर आईं। 3. वे एक बार फिर से छाती पीट-पीटकर रोने और बहुत शोक मनाने लगीं।

4. उसके अनन्तर सुनो—

5. बाल-प्रभु यम-ज़लाल को वाणी प्राप्त हो गई 6. और उसने दुखी स्त्रियों को सम्बोधित करते हुए कहा 7. कि जिन स्त्रियों ने मेरे लिए अपने बालकों का भोग दिया है, 8. उनका बदला शैतान ज़रूर लेगा। 9. शैतान के रास्ते में जो कोई भी, जो कुछ भी कुर्बानी देगा, 10. उस पर शैतान की कृपा होगी 11. और शैतान उसे धन्य-धन्य कर देगा।

12. छोटे बालक को ज्ञान की बातें करता हुआ देखकर अनूप की स्त्रियाँ हर्षित हो उठीं 13. और वे अपना सारा दुख भूल गईं।

14. उन्होंने फिर कलशायली से विनती की 15. कि इस आकाशी-
पुत्र को स्तन-पान कराने की हमें अनुमति दे, 16. जिससे किसी
महात्मा को स्तन-पान कराने का हमें सन्तोष हो 17. और हमें भी
उसका गौरव मिले।

18. इसके अनन्तर—

19. अनूप की स्त्रियों ने उस बालक को बारी-बारी से स्तन-पान
कराया 20. और परम सन्तोष का लाभ प्राप्त किया। 21. इसके
बाद सब स्त्रियों ने कलशायली के साथ बैठकर शैतान की स्तुति
की 22. और बालक के नामकरण की आपस में चर्चा करने लगीं।
23. किसी स्त्री ने अपने भाई का नाम सुझाया, 24. तो किसी ने
अपने पति का नाम सुझाया। 25. उसके बाद 26. कलशायली ने,
कि जो बालक की सगी माँ थी, कहा 27. कि इस बालक का नाम
यम-ज़लाल है। 28. और इस नाम को जिस दिन पालित पशु द्वारा वह
गर्भवती हुई थी, उसी रात शैतान ने सपने में दर्शन देकर सुझाया था।
29. और ऊपर से शैतान ने यह भी कहा था 30. कि यम-ज़लाल
बड़ा होकर दुनिया में बड़ी भारी क्रान्ति करेगा। 31. ईश्वर की जकड़
में फँसी हुई निर्दोष भोली जनता को मुक्ति दिलाएगा। 32. इसलिए
तुम इसकी पूजा करना 33. और इसी के आदेशानुसार चलना।
34. तुम्हारे लिए धरती पर स्वर्ग उतार लाने की शक्ति मात्र इसी में
है। 35. उसी क्षण अनूप की सारी स्त्रियों ने बाल-प्रभु यम-ज़लाल
के सामने अपना सिर जमीन पर टिका दिया।

7 : यम-ज़लाल का बचपन

1. अनूप की पूर्व दिशा में कोफ़ाया के पहाड़ पर एक तंग गुफा में कलशायली और उसका तेजस्वी पुत्र यम-ज़लाल रह रहे थे। 2. अनूप की स्त्रियों ने बारी बाँध ली थी 3. और वे छिप-छिपकर आतीं और यम-ज़लाल तथा उसकी माँ के लिए खाने-पीने की चीजें पहुँचा जातीं। 4. कोई स्त्री दूध की मटकी सिर पर रखकर लाती, 5. तो कोई स्त्री मक्खन की मटकी ले आती। 6. कोई स्त्री पकवान से भरे बर्तन को कपड़े से ढँककर ले आती, 7. तो कोई स्त्री बाल यम-ज़लाल के लिए खिलौनों का ढेर लगा जाती।

8. बाल यम-ज़लाल इन सभी स्त्रियों की आँख का तारा था 9. और वह उन सबसे लिपट-लिपटकर उनका स्तन-पान करता था। 10. उसकी शैतानियाँ भी दिन-प्रतिदिन बढ़ती जा रही थीं। 11. एक दिन बाल यम-ज़लाल खेलते-खेलते 12. कोफ़ाया पहाड़ पर से नीचे उतरकर नदी के किनारे जा पहुँचा। 13. वहाँ प्रभात की कोमल किरणों में स्त्रियाँ स्नान कर रही थीं।

14. बाल यम-ज़लाल को यह दृश्य बड़ा लुभावना लगा। 15. एक मोटे वृक्ष के तने के पीछे से वह देखता रहा। 16. वहाँ उसकी नजर स्नान-मग्ना स्त्रियों के कपड़ों पर पड़ी, जो कि सूखने के लिए फैलाए हुए थे। 17. आँख झपकते-न झपकते उसने उन सूखे और गीले कपड़ों को इकट्ठा कर नदी की धार में बहा दिया। 18. स्नान करती स्त्रियों ने देखा 19. और चीख उठीं, 20. क्योंकि उनके सारे-के-सारे कपड़े नदी की धार में बहे जा रहे थे। 21. चूँकि एकदम निर्वस्त्र दशा में घर जाना उनके लिए सम्भव नहीं था, 22. इसलिए वे गाँव में से दूसरे कपड़े ले आने के लिए बाल यम-ज़लाल से विनती करने लगीं, 23. पर वह शैतान बालक तो नदी के किनारे खड़ा-खड़ा बस हँसे जा रहा था। 24. स्त्रियों ने उसके बहुत हाथ-पाँव जोड़े 25. और अन्त में लाचार होकर पानी से बाहर आकर वे उसके पाँवों में गिर पड़ीं, 26. और फिर बोलीं 27. कि हे देवता! 28. हमारी लज्जा तुम्हारे हाथ में है। 29. तब बाल यम-ज़लाल ने उन्हें जताया 30. कि तुम अपनी निर्वस्त्र देह पर से एक-एक बाल तोड़कर धरती में गाड़ दो, 31. तो तुम्हारे शरीर पर तुम्हारे कपड़े अपने-आप आ जाएँगे। 32. सभी स्त्रियों ने ऐसा ही किया।

33. और देखो!

34. स्त्रियाँ अपने शरीर पर एकदम नए वस्त्रों को देखकर आश्चर्य में पड़ गईं। 35. गाँव में पहुँचकर उन स्त्रियों ने अपने-अपने पतियों से इस चमत्कार की चर्चा की 36. और कहा 37. कि हम लोगों का सच्चा उद्धारक यम-ज़लाल ही है। 38. इसलिए उसकी स्तुति करो और हर साँस में उसी का नाम जपो। 39. ईश्वर के राज्य का

अन्त अब समीप आ गया है। 40. बलबोन का विनाश अब निकट है। 41. अब धर्म के नाम पर बलबोन हमारे खेतों में से फसल नहीं ले जा सकता। 42. अब मन्दिरों को बनवाने के लिए वह हमारे पुरुषों से बेगार नहीं ले सकता। 43. अब ईश्वर के नाम पर वह हमें डरा नहीं सकता। 44. अब हमारी सहायता करने के लिए कुँआरी कलशायली की कोख से हमें तारनेवाले ने जन्म लिया है 45. और हमारा सच्चा उद्धारक यही है।

8 : आकाशवाणी

1. एक सौ एक स्त्रियों का स्तन-पान कर पुष्ट होता बालक यम-ज़लाल जितना दिन को बढ़ता था, उससे ज्यादा रात को बढ़ता था। 2. और जितना रात को बढ़ता था, उससे ज्यादा दिन को बढ़ता था। 3. उसकी शैतानियाँ भी अब हद से ज्यादा बढ़ गई थीं। 4. नदी पर पानी भरने के लिए आनेवाली स्त्रियों की मटकियाँ वह गुलेल से फोड़ डालता। 5. पर स्त्रियाँ इसे अपना सौभाग्य मानतीं। 6. राह चलती स्त्रियों की वह ओढ़नी खींच लेता। 7. पर स्त्रियाँ इससे गद्गद हो उठतीं। 8. लोगों की रसोई में घुसकर वह चूल्हे पर पकती चीजों में चुपके से मुट्ठी-भर नमक डाल देता। 9. पर स्त्रियाँ इससे प्रमुदित हो उठतीं।

10. हे यम-ज़लाल!

11. एक दिन उसने आकाशवाणी सुनी 12. और वह उसी समय घुटनों के बल बैठकर आकाश की ओर देखने लगा 13. उन्मुक्त नीले आकाश में से उसने शैतान की आवाज साफ-साफ सुनी 14. कि

अब तू युवावस्था को प्राप्त हो गया है, 15. इसलिए अनूप का मोह छोड़ दे। 16. तो हे मेरे पिता! 17. मैं क्या करूँ? ऐसा उसने पूछा। 18. तब उसे उत्तर मिला 19. कि महीने-भर तक तू दिन-रात मेरी स्तुति कर और अन्तर्धान हो जा। 20. उसी क्षण यम-ज़लाल उठ खड़ा हुआ और कोफ़ाया के एक ऊँचे शिखर पर जा बैठा।

9 : पवित्र आत्माओं की चिन्ता

1. यम-ज़लाल की तपश्चर्या अखंड थी, 2. यद्यपि पवित्र आत्माएँ उसे डिगाने का बहुत प्रयास कर रही थीं। 3. कभी ये ईश्वरीय आत्माएँ ज्वालामुखी का रूप धारण कर उसे भस्मीभूत कर डालने का भय दिखातीं, 4. तो कभी भयंकर तूफान के रूप में उसे घेर लेतीं। 5. कभी ये पवित्र आत्माएँ जंगली पशुओं का रूप धारण कर उसके सामने आतीं 6. और हृदय कँपा देनेवाली गर्जना करतीं, 7. तो कभी प्रशान्त महासागर की विशाल जल-राशि बनकर उसे दम घोंटकर मार डालने के लिए व्याकुल हो उठतीं।

8. अन्त में इन सब आत्माओं ने मिलकर एक अप्सरा का रूप धारण किया 9. और यह अप्सरा यम-ज़लाल के सामने उपस्थित हुई। 10. पिछले कई दिनों से भूखा-प्यासा यम-ज़लाल अपनी साधना में लीन था। 11. तब हे श्रद्धालुओ, सुनो! 12. उसके कान में पायल की मधुर झंकार गूँज उठी। 13. उसने आँखें खोलीं तो सामने अनन्त रूपवान एक अप्सरा को खड़ी पाया। 14. अप्सरा के एक हाथ में ठंडे शरबत की सुराही थी और दूसरे में मीठे फलों की डलिया।

15. हे तपस्वी! 16. अप्सरा कह रही थी 17. कि तेरी तपस्या सफल हुई। 18. इसलिए अब उठ 19. और मेरी गोद में बैठकर जलपान कर ले। 20. तब यम-ज़लाल ने बताया 21. कि मेरी साधना पूर्ण होने में अभी तीन दिन और बाकी हैं। 22. फिर उसने पूछा 23. कि हे अप्सरा! 24. तू कौन है? 25. और कहाँ से आई है? 26. तब अप्सरा ने बताया 27. कि तेरी अखंड तपश्चर्या से प्रसन्न होकर तेरे पिता शैतान ने मुझे तेरी सेवा में भेजा है।

28. यम-ज़लाल ने हाथ बढ़ाया 29. और अप्सरा का रोम-रोम झनझना उठा। 30. यम-ज़लाल ने उसके हाथ से शरबत की सुराही ली 31. और मीठे फलों की डलिया भी ले ली। 32. समस्त पवित्र आत्माओं के मिलने से आकार पानेवाली उस रूपवती अप्सरा को अपनी सफलता अत्यन्त निकट प्रतीत हुई। 33. यम-ज़लाल की तपश्चर्या भंग करने में 34. और कपट द्वारा उसे छलने में वह लगभग सफल हो गई थी।

35. तत्पश्चात् 'हे श्रद्धालुओ!

36. यम-ज़लाल ने उस सुराही को उलटकर शरबत जमीन पर बहा दिया।

37. और मीठे फलों की डलिया पहाड़ से नीचे फेंक दी। 38. अप्सरा रोती 39. और चीखती आकाश की दिशा में भाग गई।

40. यम-ज़लाल अपनी अन्तिम परीक्षा में भी खरा उतरा था। 41. शैतान कभी-कभी अपने शिष्यों की इस तरह की कठिन परीक्षा लेता है 42. और जो इसमें खरा उतरता है, उसे वह महान बना देता है।

43. इसलिए हे महान यम-ज़लाल! 44. तेरी साधना पूर्ण हुई। 45. और इसके साथ ही परीक्षाओं का क्रम भी समाप्त हुआ। 46. अब उठ 47. और ईश्वर से दुखी इस संसार की सेवा कर। 48. क्योंकि यह सेवा तेरा धर्म है। 49. ईश्वर के रास्ते में भटके हुए लोगों को नई दिशा दिखाना तेरा कर्तव्य है। 50. पर यह मत समझ कि तेरा यह कार्य सरल है। 51. यह मत भूल कि तेरे कार्य में अनेक कठिनाइयाँ आएँगी 52. और तेरे मार्ग में अनेक बाधाएँ आएँगी।

53. फिर भी

54. मुझे आशा है कि तू इस विश्व में क्रान्ति करके ही रहेगा।

55. जो लोग मेरे साथ हैं, मैं भी उनके साथ हूँ। 56. जिन लोगों के हृदय में मेरा वास है, उनकी रक्षा करना मेरा धर्म है। 57. पर इतना याद रख 58. कि मैं हूँ तो तू है। 59. मेरे बिना तेरा अस्तित्व नहीं है। 60. इसलिए हमेशा मेरा आभार मानकर चल।

10 : अनूप से आरम्भ

1. कलशायली कि जो यम-ज़लाल की माँ थी, उसने यम-ज़लाल को आशीर्वाद दिया 2. और यम-ज़लाल कोफ़ाया के पहाड़ से अपनी पैदल यात्रा पर निक पड़ा। 3. संसार का उद्धार करने के लिए उसने अपनी यात्रा का आरम्भ अनूप किया। 4. वह अनूप में प्रविष्ट हुआ। 5. तब कुँआरी और विवाहित, विधवा तथा त्यक्त स्त्रियों ने उसे नदी के पास से जाते हुए देखा 6. और वे प्रसन्न उठीं। 7. इनमें से अनेक स्त्रियों ने उसे बचपन में स्तन-पान कराया था। 8. अनेक कुँवारी कन्याएँ उसके सुन्दर रूप को देखकर मन-ही-मन उसका वरण कर चुकी थीं। 9. वह आगे बढ़ा और स्त्रियाँ उसका गुणगान करती हुई उस पीछे-पीछे चलने लगीं। 10. अनूप के चौराहे पर आकर वह रुक गया। 11. अनूपवासी उसे आश्चर्य से देखते रहे 12. और वे एक-दूसरे के कान कहने लगे 13. कि संसार में महान क्रान्ति करनेवाला जो महामानव है, वह यही है।

14. और इसी के द्वारा ईश्वर का साम्राज्य समाप्त होगा।

15. और देखो तो सही कि यह कितना सुन्दर युवक है।

16. और देखो तो सही कि इसकी आँखों में कैसा जादू है।

17. और देखो तो सही कि इसकी वाणी में कितना माधुर्य है।

18. यम-ज़लाल एक घने छायादार वृक्ष के नीचे खड़ा कह रहा था
19. कि मेरे दिव्य पिता इबलीस, 20. तुम जिन्हें शैतान के लोकप्रिय
नाम से जानते रहे हो, 21. उनकी तरफ़ से मैं एक दिव्य पुस्तक
22. 'काली किताब' लेकर आया हूँ। 23. यह एक ऐसी किताब
है कि जो अन्धकार से भी अधिक काली 24. और प्रकाश से भी
अधिक उजली है। 25. इसमें विद्वानों के लिए अनेक महत्त्वपूर्ण
संकेत हैं 26. और मूर्खों के लिए कुछ भी नहीं है। 27. जो लोग
मेरे पिता को हमेशा याद करते रहते हैं, 28. उन्हें मेरे पिता अपने
हृदय में स्थान देते हैं, 29. और जो लोग मेरे पिता की मदद की
इच्छा रखते हैं, 30. उनकी मदद करने के लिए मेरे पिता हमेशा
व्यग्र रहते हैं। 31. इसलिए असत्य के स्पष्ट और सरल मार्ग को
त्यागकर 32. सत्य के दुखमय मार्ग पर क्यों कष्ट भोगते हो?
33. सत्य की खोज करनेवाले बिलकुल उस तैराक की तरह होते हैं
जो खुश्की पर तैरने का व्यर्थ प्रयास करता है। 34. और जल के
स्थान पर खुश्की पर आज तक कौन तैर सका है? 35. और आज
दिन तक हवा को कौन अपनी मुट्ठी में बन्द कर सका है?

36. अनूपवासी मधुर और स्पष्ट वाणी को सुनकर गद्गद हो
उठे। 37. कितने ही तो उसके चरणों में गिर पड़े 38. और कितने

ही उसके आगे धूल में लोटने लगे। 39. स्त्रियाँ उसके होंठों का चुम्बन लेने के लिए अधीर हो उठीं। 40. यम-ज़लाल ने दो कुँआरी कन्याएँ अपने साथ ले लीं 41. और अपनी लम्बी यात्रा के लम्बे पथ पर आगे बढ़ गया।

42. तब मार्ग में उसने उन दोनों कन्याओं को एक दृष्टान्त सुनाया 43. कि जो सत्य और असत्य के मार्ग को स्पष्ट करनेवाला एक उत्तम उदाहरण था 44. और जो इस प्रकार था :

45. एक व्यापारी के तीन पुत्र थे। 46. एक दिन उस व्यापारी को अपने तीनों पुत्रों की परीक्षा लेने का उपाय सूझा 47. और उसने तीनों पुत्रों को बुलाकर कहा 48. कि मैं एक वर्ष के लिए बड़ी दूर की यात्रा पर जा रहा हूँ 49. और जाने से पहले मैं अपनी धन-सम्पत्ति का एक भाग तुम तीनों के बीच में बराबर-बराबर बाँट जाने की इच्छा रखता हूँ, 50. जिससे तुम लोग सुखी रह सको 51. और अपने-अपने हिस्से में आए धन को दुगुना-तिगुना करके अपना बुद्धि-कौशल भी दिखला सको।

52. इतना कहने के बाद उसने तीनों पुत्रों के हाथ में सोने की एक-एक हजार मुहरें रख दीं 53. और अपनी लम्बी यात्रा पर निकल पड़ा।

54. व्यापारी के जाने के दूसरे ही दिन उसके सबसे बड़े पुत्र ने अपनी सोने की एक हजार मुहरें ब्याज पर चढ़ा दीं, 55. ताकि वर्ष के अन्त में जब उसका पिता लौटे, तो ये सोने की मुहरें दुगुनी हो जाएँ।

56. और बीच के पुत्र ने, 57. जो कि ईश्वर का सच्चा भक्त था
58. अपनी सोने की मुहरें गरीबों तथा भिखारियों के बीच बाँट दीं,
59. क्योंकि उसे पंडितों और शास्त्रियों ने यह कह रखा था 60. कि
जो कोई ईश्वर के नाम पर सोने की एक मुहर खर्च करेगा, ईश्वर
उसे उस सोने की एक मुहर बदले में सोने की सौ मुहरें देगा।

61. और सबसे छोटा भाई, जो उन तीनों भाइयों में सबसे ज्यादा
चालाक और होशियार था, 62. उसने अपनी सोने की हजार मोहरों
से एक मन्दिर चिनवाया 63. और खुद उसका पुजारी बनकर बैठ
गया।

64. एक वर्ष देखते-देखते बीत गया 65. और उनका वृद्ध पिता
अपनी लम्बी यात्रा से लौट आया। 66. जब उसने तीनों पुत्रों को
अपने पास बुलाकर उनका हिसाब माँगा, 67. तो सबसे बड़ा पुत्र
68. कि जिसने अपनी एक हजार सोने की मुहरें ब्याज पर दी थीं,
69. वह व्यापार में घाटा हो जाने से कंगाल हो गया था।

70. फिर वृद्ध पिता ने मँझले पुत्र से हिसाब माँगा, 71. तब उसकी
आँखें भी भर आईं, 72. क्योंकि उसने पंडितों और शास्त्रियों के
कथनानुसार सोने की अपनी एक हजार मुहरें ईश्वर के नाम पर बाँट
दी थीं, 73. इस आशा से कि बाँटी गई एक-एक मुहर के बदले
में उसे सौ-सौ मुहरें मिलेंगी। 74. इस तरह उसकी हजार मुहरें भी
धूल में मिल गई थीं।

75. इसके बाद वृद्ध पिता ने अपने सबसे छोटे पुत्र को बुलाकर
उसका हिसाब माँगा, 76. तो उस छोटे पुत्र ने सोने की हजार-हजार

मुहरोंवाली सौ थैलियाँ पिता के सामने ला रखीं 77. और बतलाया 78. कि आपकी दी हुई हजार मुहरों से मैंने ईश्वर का एक मन्दिर बनवाया था 79. और हजार-हजार मुहरों की ये सौ थैलियाँ उस मन्दिर की ही आमदनी हैं, 80. क्योंकि धन कमाने का सबसे सरल मार्ग यही था।

81. इसीलिए मैं कहता हूँ 82. कि जो भी सत्य के मार्ग पर चलता है वह बड़े और मँझले बेटों की तरह दुख भोगता है 83. और जो असत्य का मार्ग अपनाता है, वह छोटे बेटे की तरह सुखी होता है।

11 : शिकारियों का शिकार

1. वेन्निन की दिशा में जंगल के रास्ते से आगे बढ़ते हुए यम-ज़लाल
ने दो शिकारियों को देखा 2. और शिकारियों ने उसे तथा उसकी दो
कुँआरी शिष्याओं, 3. ईशी और मीशी, को देखा। 4. तब वे दोनों
शिकारी उसके सामने उपस्थित हुए 5. और उन दोनों में से एक ने
यम-ज़लाल को सम्बोधित करते हुए पूछा 6. कि तू वही तो नहीं है
जिसकी माँ को एक पशु द्वारा गर्भ रह गया था और 7. तब आकाश
में दो-दो चन्द्रमा दिखाई दिए थे? 8. यम-ज़लाल ने मुसकराकर हाँ
की 9. और कहा 10. कि मैं कलशायली की कोख से जन्मा दिव्य
पुत्र हूँ। 11. तब दूसरे शिकारी ने कहा 12. कि यदि तू सचमुच
दिव्य पुत्र है तो इसका प्रमाण दे 13. और मेरी पत्नी, 14. जो कि
पिछले दो वर्षों से पवित्र प्रेत-ग्रस्त है, 15. उसे प्रेत-मुक्त कर दे।

16. यम-ज़लाल ने तीन बार जमीन पर पाँव पटका 17. और हे
श्रद्धालुओ! 18. उसी क्षण एक भयानक चीत्कार सुनाई पड़ी।
19. दोनों शिकारी स्तब्ध होकर चारों ओर देखने लगे, 20. तो वहाँ
दोनों शिकारियों में से एक की पत्नी 21. कि जिसको पवित्र प्रेत ने

अपने वश में कर रखा था 22. और जो पागल हो गई थी, 23. न जाने कहाँ से दौड़ती-दौड़ती आई और यम-ज़लाल के चरणों में गिर पड़ी।

12 : वेन्निन में प्रवेश

1. यम-ज़लाल अपनी दोनों शिष्याओं, 2. ईशी और मीशी के साथ, वेन्निन की नगरी में प्रविष्ट हो, उसके पहले ही वेन्निनवासियों को उसके आगमन और उसके चमत्कारों की सूचना मिल गई थी। 3. वे अत्यन्त व्याकुल होकर उसकी प्रतीक्षा कर रहे थे। 4. तब उनकी दृष्टि वेन्निन की सीमा के भीतर आ चुके शैतान के इस पुत्र पर पड़ी। 5. उसका स्वागत करने के लिए वेन्निनवासी स्नेह-पूरित होकर उसकी ओर दौड़ पड़े 6. और उसके चरणों में गिर पड़े। 7. तब यम-ज़लाल ने उनको उठ बैठने का निवेदन करते हुए शैतान का सन्देशा सुनाया।

8. आकाश में के मेरे पिता, 9. जो समस्त मानव जाति के भी पिता हैं, 10. अपनी 'काली किताब' में कहते हैं 11. कि सबसे शक्तिशाली मैं (शैतान) ही हूँ, 12. इसलिए मेरी शक्ति को पहचानो और उसे कभी मत भूलो। 13. और जिस मार्ग पर तुम्हारे बाप-दादों ने चलने का प्रयास किया था 14. और जिस मार्ग पर चलने का प्रयास तुम्हारे बाप-दादों के भी बड़ों ने किया था 15. और तुम्हारे

उन बड़ों के भी पूर्वजों ने जिस मार्ग पर चलने का प्रयास किया था, 16. वह मार्ग, 17. ईश्वर का मार्ग, 18. तो अन्धों का मार्ग है। 19. तुम खुली आँखों से सब कुछ स्पष्ट देख सकते हो, 20. फिर भी किसलिए उस दिशा में जाते हो? 21. तुम जानते हो 22. कि सत्य के मार्ग पर काँटे बिखरे पड़े हैं, 23. फिर भी इसी मार्ग को तुम क्यों चुनते हो? 24. क्या तुम यह नहीं जानते कि सत्य के पुजारियों को गरीबी और भूख नष्ट कर देती है? 25. क्या तुम कभी भी यह नहीं मानते 26. कि सच्चा और सीधा और फूलों से आदर करनेवाला मार्ग असत्य का ही है? 27. इसलिए असत्य का मार्ग चुनो और धन्य हो जाओ।

28. और यह भी मत भूलो, 29. जो लोग स्वयं अपने उद्धार की इच्छा नहीं रखते, 30. उनका उद्धार कोई नहीं कर सकता। 31. जो लोग अपनी इच्छा से भटकना चाहते हैं, 32. उन्हें शैतान भी भटकने देता है 33. और बाद में उनकी कंगाल हालत को देखकर उनकी हँसी उड़ाता है। 34. उस समय उनकी आँखें भी खुल जाती हैं। 35. उन्हें अपार पश्चात्ताप होता है 36. कि असत्य के सही मार्ग को छोड़कर सत्य के गलत मार्ग को अपनाकर उन्होंने अपना जीवन क्यों नष्ट कर डाला? 37. किन्तु उन्हें यह पश्चात्ताप अत्यन्त विलम्ब से होता है 38. और वे शैतान की ओर सहायता के लिए हाथ बढ़ाएँ, उसके पहले ही मृत्यु के बलशाली हाथ उन्हें धर दबोचते हैं। 39. इनमें से कुछ तो जीवन की अन्तिम घड़ी तक भी मूर्ख ही बने रहते हैं। 40. पर इनमें से कुछ ऐसे भी होते हैं 41. कि जो समय रहते सावधान होकर, 42. वास्तविकता को स्वीकार कर लेते हैं 43. और सुखी तथा सम्पन्न हो जाते हैं। 44. यह 'काली किताब'

शैतान ने उन लोगों के लिए लिखी है कि जो शीघ्रातिशीघ्र सुखी होने की इच्छा रखते हैं 45. और जिनमें जरा भी शंका नहीं है।

46. शैतान सबसे महान है।

47. यम-ज़लाल की अद्भुत वाणी को सुनकर लोग स्तब्ध रह गए। 48. उनमें से कितने ही स्त्री-पुरुष तो उसी क्षण उसकी शरण में आ गए 49. और यम-ज़लाल का काफिला चार गुना हो गया।

50. यम-ज़लाल ने अपने नए शिष्य और शिष्याओं के साथ एक पूरा दिन और एक पूरी रात वेन्निन में बिताई। 51. दिन के समय यम-ज़लाल वेन्निनवासियों को कष्ट देनेवाली पवित्र आत्माओं 52. और पवित्र प्रेतों को चुन-चुनकर निकाल बाहर किया 53. और उन्हें भगा दिया। 54. प्रेत-बाधा की वजह से पागल हो गए अनेक वेन्निनवासियों ने नया जीवन प्राप्त किया। 55. रात के समय यम-ज़लाल अपने शिष्य तथा शिष्याओं के साथ बैठ सारी रात सुरा-पान करता रहा।

13 : बूँद में से सागर

1. पग-पग पर सफलता के शिखर जीतते हुए यम-ज़लाल अपने काफिले के साथ वेन्निन से जोशात की दिशा में आगे बढ़ा। 2. तीन दिन और तीन रात की यात्रा करने के बाद 3. एक सन्ध्या को वह ऊनफ़ान पहाड़ की तलहटी में आ पहुँचा। 4. उस सन्ध्या के लिए उसने वहीं पड़ाव डाला। 5.. तम्बू गड़वाए 6. और भोजन की व्यवस्था भी वहीं हुई।

7. यम-ज़लाल सब लोगों के साथ भोजन करने बैठा, 8. तब उसने देखा कि उसकी दाईं और बाईं ओर बैठी 9. ईशी और मीशी शिष्याएँ कुछ चिन्तित दिखाई देती हैं। 10. उसने कारण पूछा, 11. तो दोनों शिष्याओं ने कठिनाई बतला दी 12. कि वे वेन्निन से सुरा-पात्र साथ लाना भूल गई हैं 13. और अब उनके पास केवल एक ही पात्र है 14. और जिसमें सुरा की केवल एक ही बूँद है।

15. यम-ज़लाल ने वह पात्र उठाकर ईशी और मीशी के सामने रखा 16. और कहा 17. कि बूँद में ही सागर समाया रहता है, 18. ऐसा मेरे पिता ने अपनी 'काली किताब' में लिखा है। 19. और एक

क्षण में सम्पूर्ण जीवन समाया होता है, 20. ऐसा मेरे पिता ने अपनी 'काली किताब' में बतलाया है। 21. इसलिए जो कोई क्षण को निचोड़ सकेगा वह बूँद में समाए सागर को भी जान सकेगा। 22. जो कोई बूँद को निचोड़ सकेगा वह जीवन को भी जान सकेगा। 23. जो कोई बूँद को निचोड़ सकेगा वह संसार को भी जान सकेगा। 24. जो कोई बूँद को निचोड़ सकेगा वह अपने मन को भी जान सकेगा और धन्य हो जाएगा। 25. इसलिए हे ईशी और मीशी! 26. इस पात्र में बची हुई एकमात्र और अन्तिम बूँद हम सबके लिए पर्याप्त है। 27. जाओ, 28. निश्चिन्ततापूर्वक इस पात्र को सबके प्यालों में बारी-बारी से उलटो और हमारे पिता का आभार मानो 29. कि जो समस्त मानवजाति का सृजनहार हैं।

30. यम-ज़लाल के आदेशानुसार दोनों शिष्याओं में से एक ने पात्र उठाया 31. और दूसरी उसकी सहायता करने के लिए साथ चली। 32. वे एक-एक शिष्य का प्याला उठाती गईं 33. और पात्र उलटा करती गईं। 34. तब हे श्रद्धालुओ! 35. सौ से भी अधिक प्याले सुरा से छलक उठे, 36. फिर भी पात्र में बची अन्तिम बूँदें ज्यों-की-त्यों थीं। 37. शिष्य तथा शिष्याएँ धन्य-धन्य पुकार उठे। 38. तब यम-ज़लाल ने कहा 39. कि जो लोग मुझमें विश्वास रखते हैं 40. तथा दिव्य पुस्तक 'काली किताब' को श्रेष्ठ मानते हैं, 41. उन लोगों का ध्यान मेरा पिता भी रखता है। 42. इसलिए तुम खूब खाओ 43. और जितनी सुरा तुम्हें पीनी हो, पिओ 44. और भेद-भाव भूल जाओ। 45. स्त्रियों का सृजन पुरुषों के लिए हुआ है, 46. और पुरुषों का सृजन स्त्रियों के लिए। 47. और सुरा इन दोनों को एक करनेवाला एक अत्यन्त उत्तम पेय है।

14 : जोशात के ज्ञानी

1. दूसरे दिन पौ फटने से पहले ही यम-ज़लाल अपने साथियों के साथ जोशात नगर में प्रविष्ट हुआ 2. और जोशात के मुख्य मन्दिर तक पहुँच गया। 3. तब मन्दिर के पुजारी तथा शास्त्री तथा पंडित बाहर दौड़ आए 4. और यम-ज़लाल पर शाप बरसाने लगे 5. कि तू सचमुच शैतान का पुत्र है।

6. यम-ज़लाल ने उत्तर दिया 7. कि मैं सचमुच शैतान का पुत्र हूँ 8. और इस बात का मुझे गर्व है, 9. क्योंकि मेरा पिता शैतान तुम्हारे खोखले ईश्वर की अपेक्षा महान है।

10. तब शास्त्रियों ने उससे पूछा 11. कि यदि हमारा ईश्वर न होता, तो क्या तुम्हारे शैतान का अस्तित्व सम्भव होता?

12. यम-ज़लाल ने स्पष्ट शब्दों में उन्हीं से प्रतिप्रश्न किया 13. कि यदि शैतान न होता तो क्या आज तुम्हारे ईश्वर का अस्तित्व सम्भव

होता? 14. शैतान है, तो ईश्वर है। 15. और शैतान के कारण ही मनुष्य भी है। 16. हे शास्त्रियो! 17. तुम ईश्वर की समस्त पुस्तकों को जला दो 18. और शैतान की एकमात्र पुस्तक 'काली किताब' का मनन करो।

19. क्योंकि

20. इस लोक और परलोक में बसनेवाले प्रत्येक जीव पर शैतान अपनी श्रेष्ठता स्थापित करता है। 21. शैतान एक ऐसी हस्ती है कि जिसका जन्म आग में से हुआ है 22. और मानव एक ऐसा पामर प्राणी है कि जिसका जन्म मिट्टी में से हुआ है। 23. शैतान निस्सन्देह मानव की अपेक्षा ऊँचे आसन पर बैठा है 24. और अपनी सन्तानों के हित-अहित से अनजान नहीं है। 25. मनुष्यों के सुख-दुख से वह अनजान नहीं है। 26. मनुष्य की एक-एक गतिविधि से वह भली-भाँति परिचित है, 27. क्योंकि प्रत्येक जीवित वस्तु के भीतर भी शैतान का अस्तित्व है। 28. यदि शैतान न होता तो मनुष्य का भी अस्तित्व न होता।

29. और—

30. उस दिन को याद करो जब आकाश 31. आकाश न था 32. और पृथ्वी 33. पृथ्वी न थी। 34. ये वृक्ष, ये पहाड़, ये पशु, ये पक्षी, ये नदियाँ, ये महासागर, ये घने वन, ये झरने कुछ भी नहीं था। 35. थीं तो केवल दो शक्तियाँ, 36. जिनमें से एक को तुम ईश्वर के नाम से पहचानते हो 37. और दूसरी को तुमने शैतान

का नाम दिया है। 38. एक को तुम सत्य के नाम से पहचानते हो 39. और दूसरी को तुमने असत्य का नाम दिया है। 40. एक को तुम पुण्य के नाम से पहचानते हो 41. और दूसरी को तुमने पाप का नाम दिया। 42. किन्तु दोनों में से सर्वोपरि शक्ति कौन सी है, 43. यह तुम निश्चित रूप से नहीं कह सकते। 44. यदि तुम कहते हो 45. कि सत्य सर्वोपरि है, 46. तो मैं पूछूँगा 47. कि असत्य आज भी क्यों जीवित है? 48. हजारों पैगम्बरों, भगवानों और महात्माओं ने असत्य को कुचल डालने के लिए आदिकाल से प्रयास किया है, 49. फिर भी अभी तक असत्य संसार के कोने-कोने में क्यों दिखाई पड़ता है? 50. हे शास्त्रियो, पंडितो तथा पुजारियो! 51. तुम आँखोंवाले होकर भी विचित्र अन्धे हो। 52. तुम लोग जो कुछ भी तर्क देते हो वह इसलिए 53. कि तुम्हें वे परम्परा से प्राप्त हुए हैं, 54. इसलिए नहीं कि तुम्हारा उन पर विश्वास है। 55. यदि तुम्हारे पैगम्बर और भगवान और महात्मा तुमसे यह कहते 56. कि असत्य का मार्ग ही सच्चा मार्ग है, 57. तो आज तुम स्वयं ही सत्य के मार्ग को ठुकरानेवालों में होते।

58. और—

59. उस दिन को याद करो, 60. जब आदम और हव्वा स्वर्ग में बसते थे, 61. और स्वर्ग के उबानेवाले वातावरण ने उनको घेर लिया था। 62. स्वर्ग के एकरस बहते जीवन से वे उकता गए थे। 63. तब उनको नई दिशा किसने दर्शाई? 64. नए जीवन का मार्ग किसने दर्शाया? 65. निश्चित रूप से 66. शैतान ने ही उनको निषिद्ध वृक्ष का फल चखने के लिए कहा, 67. जिससे

ईश्वर ने उनको तब तक वंचित रखा था। 68. उन्होंने उस फल का स्वाद चखा।

69. और उसके अनन्तर—

70. जीवन में कभी न अनुभव हुई एक झनझनाहट उन्होंने अनुभव की। 71. उनका रोम-रोम पुलकित हो उठा। 72. उनकी आँखें चमक उठीं। 73. उनका हृदय प्रसन्नता से झूम उठा। 74. इतना ही नहीं, 75. अद्‌भुत फल को चखने के बाद ही उनका बेकार पड़ा शरीर किसी योग्य बना। 76. उनके शरीर में क्रान्तिकारी परिवर्तन हुआ। 77. वे गुप्तांग कि जिनके बारे में वे कुछ भी नहीं जानते थे 78. और जिनका उन्हें कोई ज्ञान नहीं था, 79. ऐसे अंग आकार लेकर उन दोनों के शरीर पर शोभायमान होने लगे। 80. मनुष्यों को शैतान की यह अमूल्य भेंट है। 81. इसलिए हे शास्त्रियो! 82. पंडितो! 83. और पुजारियो! 84. शैतान का आभार माननेवालों में तुम भी शामिल हो जाओ 85. और शैतान कि जिसकी कृपा से यह सृष्टि आज साँस ले रही है, 86. उसका गुणगान करो 87. और पूजा करो, 88. क्योंकि वही तुम्हारा सच्चा हितैषी है। 89. स्वर्ग के ऊब-भरे वातावरण में से मुक्ति दिलाकर तुम्हें इस पृथ्वी पर बसानेवाला तुम्हारा पिता वही है।

90. फिर भी—

91. पंडितों, शास्त्रियों तथा पुजारियों ने यम-ज़लाल की स्पष्ट वाणी एक कान से सुनी और दूसरे कान से निकाल दी, 92. क्योंकि

उनके पेट भरने का एकमात्र साधन वह मन्दिर ही था। 93. इसलिए यम-ज़लाल ने अपने अनुयायियों के साथ जबरदस्ती मन्दिर में प्रवेश किया। 94. थोड़ी ही देर में ईश्वर के समस्त रूप खंडित हो गए 95. और उस मन्दिर में शैतान के लिंग की स्थापना होने से 96. शैतान की जय-जयकार हो उठी। 97. शैतान महान और सर्वश्रेष्ठ है।

15 : लिंग की स्थापना के विषय में

1. जोशात में अनेक पुरुषों 2. और अनेक स्त्रियों ने यम-ज़लाल को महान पिता के महान पुत्र के रूप में स्वीकार कर लिया। 3. वे सब यम-ज़लाल के अनुयायियों के साथ मिलकर एकरूप हो गए 4. और अमर पिता के गुण गाते हुए उसके पीछे-पीछे चलने लगे। 5. काफिला एक गाँव से दूसरे गाँव, 6. एक नगर से दूसरे नगर 7. और एक बस्ती से दूसरी बस्ती की जल्दी-जल्दी यात्रा कर रहा था। 8. सड़े-गले मानव-समाज में क्रान्ति की आँधी आ गई थी, 9. पुराने मूल्य नष्ट हो रहे थे 10. और नए मूल्यों की स्थापना हो रही थी।

11. जिस-जिस गाँव में से यम-ज़लाल अपने अनुयायियों के साथ गुजरता, 12. लोग दूर-दूर से उसके दर्शनों के लिए आते 13. और अपनी समस्याओं का निराकरण चाहते। 14. जाराकास नामक एक नगर में बहुत बड़ी सभा हुई 15. और यम-ज़लाल एक ऊँची टेकरी पर चढ़कर बैठ गया। 16. हजारों सिर उसके सामने झुक गए। 17. हजारों होंठ खुल गए। 18. जगह-जगह केवल एक ही शब्द

सुनाई पड़ता था— 19. धन्य! धन्य! धन्य! 20. जगह-जगह केवल एक ही बात हो रही थी— 21. शैतान अमर है। 22. ईश्वर के साम्राज्य का अन्त अब निकट ही है। 23. पंडितों, शास्त्रियों और धर्मगुरुओं के दिन अब पूरे हो गए हैं।

24. इसी विशाल सभा को सम्बोधित करते हुए यम-ज़लाल ने टेकरी पर खड़े होकर बतलाया 25. कि मेरे पिता शैतान ने अपनी 'काली किताब' के साथ मुझे तुम्हारे पास भेजा है, 26. जिससे तुम खरे और खोटे का भेद समझो 27. और घरों में, रास्तों में तथा मन्दिरों में शैतान के लिंग की स्थापना करो।

28. क्योंकि—

29. जो कोई शैतान के एक लिंग की स्थापना करेगा, उसकी आयुष्य में एक वर्ष की वृद्धि हो जाएगी 30. और जो कोई शैतान के दस लिंगों की स्थापना करेगा, उसकी आयुष्य में दस वर्षों की वृद्धि हो जाएगी 31. और जो कोई सौ अथवा सौ से अधिक लिंगों की स्थापना करेगा, वह अमर हो जाएगा। 32. इसलिए हे श्रद्धालुओ! 33. तुम मेरे महान पिता के सौ-सौ लिंगों की स्थापना करो और अमर हो जाओ। 34. इसलिए हे श्रद्धालुओ! 35. ऐसा करते समय यदि तुम मृत्यु को पाओगे तो वह तुम्हारी मृत्यु नहीं होगी। 36. लिंग की पूजा करते समय यदि कोई दुश्मन धोखे से तुम्हें मार डालेगा तो वह तुम्हारी मृत्यु नहीं होगी। 37. और कोई शत्रु अगर लिंगवाले मन्दिर में प्रविष्ट होकर तुम्हारे दो टुकड़े कर दे तो वह भी तुम्हारी मृत्यु नहीं होगी। 38. शैतान के मार्ग में मृत्यु पानेवालों को मरा हुआ न समझो, क्योंकि वे अमर हैं।

16 : युवकों की समस्या

1. यम-ज़लाल अपने अनुयायियों के साथ आगे बढ़ा, 2. तब उसकी दृष्टि एक युवक पर पड़ी? 3. वह युवक फूट-फूटकर रो रहा था। 4. यह देखकर यम-ज़लाल ने उससे कहा 5. कि हे युवक! 6. रो मत। 7. मैं तो आनन्द और मुक्ति का सन्देश लेकर आया हूँ।

8. उस युवक ने यम-ज़लाल के पाँव पकड़कर कहा 9. कि मेरी एक समस्या है। 10. मैं भी इस काफिले में शामिल होना चाहता हूँ, 11. पर ऐसा कर नहीं सकता 12. क्योंकि अपने घर में मैं अपने माँ-बाप का एकमात्र आधार हूँ। 13. यदि मैं उन्हें छोड़ दूँ तो वे रो-रोकर अपने प्राण त्याग देंगे। 14. इसलिए मैं या करूँ?

15. तब—

16. यम-ज़लाल ने सबको सम्बोधित कर कहा 17. कि जो घोड़े अपंग हो जाते हैं, 18. उन घोड़ों को दाग दिया जाता है; 19. क्योंकि

वे घोड़े किसी काम के हीं होते। 20. इसी तरह जो स्त्री-पुरुष वृद्ध हो जाते हैं वे भी किसी काम के नहीं रहते; 21. बल्कि वे युवकों की प्रगति को रोकते हैं। 22. इतना ही नहीं, वे समाज की प्रगति में भी बाधा बन जाते हैं।

23. इसलिए—

24. ऐसे वृद्ध कि जो बोझ समान हैं,

25. उन्हें जीवित ही दफना दो।

26. और ऐसे अपंग

27. कि जो तुम्हारी प्रगति को रोकते हैं,

28. उन्हें जीवित ही दफना दो।

29. और ऐसे अन्धे वृद्ध

30. कि जो अपने पुराने विचार युवकों पर लादते हैं,

31. उन्हें जीवित ही दफना दो।

32. और ऐसे बालक

33. कि जो जन्म से ही गँगे, बहरे और पागल हैं,

34. उन्हें जीवित ही दफना दो।

35. और ऐसे दुर्बल व्यक्ति

36. कि जो साठ वर्ष के पूरे हो चुके हैं

37. और किसी काम के न रह गए हैं,

38. उन्हें जीवित ही दफना दो।

39. और ऐसी पत्नियाँ

40. कि जो हमेशा बीमार रहती हैं,

41. उन्हें जीवित ही दफना दो।

42. और ऐसे पति

43. कि जिन्हें लकवा, रक्तपित्त या हृदय रोग-जैसा असाध्य रोग हो गया है,

44. उन्हें भी जीवित ही दफना दो,

45. क्योंकि

46. तुम्हारी और समाज की उन्नति के लिए यही उत्तम है।

47. तब हे श्रद्धालुओ!

48. यम-ज़लाल के चरणों में पड़ा युवक ऐसी स्पष्ट वाणी से प्रभावित होकर एकदम उठ बैठा 49. और चेहरे पर दृढ़ता का भाव लेकर अपने घर की ओर दौड़ गया।

17 : तूफान का शान्त हो जाना

1. यम-ज़लाल का काफिला आगे बढ़ते-बढ़ते नदी के किनारे आया
2. और शैतान की जय-जयकार बोलते हुए सब एक नाव में सटकर
बैठ गए 3. मन्द-मन्द वन में बहती नाव साइबेकास की दिशा में आगे
बढ़ी। 4. तब 5. यम-ज़लाल ने अपने अनुयायियों को बतलाया
6. कि आकाश में जो कुछ है, वह मेरे पिता ने तुम्हारे लिए सिरजा
है। 7. और समुद्र में जो कुछ है, वह भी मेरे पिता ने तुम्हारे लिए
ही सिरजा है। 8. मेरा पिता कि जो सृष्टि का पिता है, 9. जिसको
चाहता है, उसका उद्धार करता है। 10. और जिसे चाहता है, उसे
डुबोता है। 11. इसलिए तुम सब उससे डरो 12. और दिन-रात
उसकी आराधना करो।

13. उसी समय नदी में बाढ़ आ गई 14. और हवा जोर-जोर से चलने
नगी। 15. ऊँची-ऊँची लहरें उठने लगीं 16. और नाव डगमगाने
लगी। 17. तब सारे अनुयायी बड़े घबराए हुए यम-ज़लाल की ओर
फटी-फटी आँखों देखने लगे। 18. यम-ज़लाल शान्त चित्त से सबके
बीचोंबीच बैठा था। 19. उसे मृत्यु का भय नहीं था, 20. क्योंकि

वह जानता था 21. कि शैतान की कृपा अपार है। 22. परन्तु 23. अनुयायियों का धीरज छूट गया 24. और वे अपनी चीखों से आकाश को गुँजाने लगे। 25. नाव में बैठी स्त्रियाँ पुरुषों से लिपट गईं 26. और पुरुष स्त्रियों से लिपट गए।

27. तब—

28. यम-ज़लाल ने कहा 29. कि हे मेरे भक्तो! 30. मृत्यु से मत डरो, 31. क्योंकि तुम्हारे रक्षण का उत्तरदायित्व मेरे पिता ने लिया है। 32. इसलिए विश्वास रखो। 33. मेरे पिता, जो इस सृष्टि के पिता हैं, 34. तुम्हारा एक बाल बाँका नहीं होने देंगे। 35. और हम सकुशल नदी के उस पार पहुँच जाएँगे।

36. और देखो!

37. उसी क्षण तूफान रुक गया 38. और ऊपर उछलती लहरों ने अपना सिर झुका लिया। 39. नाव सही-सलामत सामने के किनारे पर पहुँच गई। 40. तब सारे अनुयायी बोल उठे— 41. धन्य! धन्य! धन्य!

42. धन्य वह शैतान कि जो सबका रक्षक है। 43. धन्य है वह अपवित्र आत्मा कि जो सब पवित्र आत्माओं से श्रेष्ठ है। 44. धन्य है वह अपवित्र आत्मा कि जिसने स्त्री-पुरुषों को गुप्तांगों की भेंट दी। 45. धन्य है वह अपवित्र आत्मा कि जिसने स्त्री-पुरुष का भेद मिटा दिया। 46. धन्य है वह अपवित्र आत्मा कि जिसने एकता का सन्देश दिया।

18 : यम-ज़लाल तथा उसके अनुयायियों का बन्दी होना

1. अब बात यों हुई 2. कि यम-ज़लाल अपनी भक्त मंडली के साथ साइबेकास जा रहा था, जिसकी सूचना साइबेकासवासियों को पहले ही मिल चुकी थी। 3. और 4. वे यम-ज़लाल तथा उसके काफिले को बन्दी बनाने के लिए नदी के किनारे प्रतीक्षा कर रहे थे। 5. नाव जैसे ही किनारे लगी 6. कि साइबेकासवासियों ने सबको घेर लिया। 7. उस समय यम-ज़लाल के अनुयायियों ने उसकी ओर मदद के लिए देखा।

8. तब—

9. यम-ज़लाल ने उनसे कहा 10. कि धीरज रखो और शान्त रहो। 11. जिसने तुम्हें नदी की भयंकर बाढ़ में से एक बाल भी बाँका हुए बिना उबारा है, 12. वही यहाँ भी तुम्हारी रक्षा करेगा।

13. साइबेकासवासियों ने सब अनुयायियों के हाथ रस्सी से बाँध

दिए 14. और उन सबको बन्दी बनाकर नगरपति के निवासस्थान की ओर ले चले। 15. जिस-जिस मार्ग से वे गुजरते, 16. लोगों के झुंड-के-झुंड उन्हें देखने के लिए उमड़ पड़ते। 17. खिड़कियों तथा झरोखों में स्त्रियाँ टकटकी लगाए खड़ी रहतीं। 18. मार्ग पर भीड़ भी अपार थी। 19. सब यम-ज़लाल को कोस रहे थे 20. और उस पर थूक रहे थे। 21. तब 22. शैतान की आकाशवाणी यम-ज़लाल के अन्तर्मन में गूँज उठी—

23. हे यम-ज़लाल!

24. हताश न हो 25. और साहस न खो! 26. यह तेरी और तेरे अनुयायियों की परीक्षा का समय है। 27. तू नादानों को समझाने में जरा भी कमी न रखना, 28. क्योंकि इसकी जिम्मेदारी मैंने तुझे सौंपी है। 29. और यह न भूल 30. कि इस संसार के लोग विचित्र अन्धे हैं। 31. और आँखवालों को समझाने की अपेक्षा अन्धों को समझाना अधिक सरल होता है।

32. इसलिए—

33. इतना निश्चित रूप से जान ले 34. कि असत्य की विजय निश्चित हो चुकी है। 35. जो असत्य का मार्ग है, वही सच्चा मार्ग है। 36. और जो सत्य का मार्ग है, वही दुख का मार्ग है। 37. जो पाप का मार्ग है, वही सच्चा मार्ग है। 38. और जो पुण्य का मार्ग है, वही दुख का मार्ग है। 39. इसलिए 40. धन्य हैं असत्य के पुजारी 41. और पाप के पंडित।

19 : त्राशो का खोखला तर्क

1. यम-ज़लाल का बन्दी काफिला साइबेकास के नगरपति के निवासस्थान तक पहुँचे, उसके पहले ही अनेक अनुयायियों के चेहरे रक्त से तर हो गए थे 2. और कितनों की पीठ चाबुक की मार से फट गई थी 3. और वे अनेक प्रकार के अपमान सह रहे थे। 4. तिस पर भी 5. वेदना का एक भी चिह्न उनके मुख पर न था। 6. उलटे उनके होंठ मुसकान फैला रहे थे।

7. अपने महल के झरोखे में खड़े नगरपति के चेहरे को यम-ज़लाल एकटक देख रहा था 8. और कह रहा था 9. कि हे अत्याचारी! 10. पश्चात्ताप कर, 11. क्योंकि शैतान का राज्य अब अधिक दूर नहीं है। 12. पश्चात्ताप कर 13. क्योंकि असत्य की विजय निश्चित हो चुकी है। 14. पश्चात्ताप कर 15. क्योंकि तू अत्याचारियों में से है। 16. और पश्चात्ताप कर, 17. क्योंकि पश्चात्ताप करनेवालों को मेरे पिता क्षमा कर देते हैं।

18. तब—

19. नगरपति त्राशो ने अपने झरोखे में से ऊँची आवाज में कहा 20. कि हे शैतान के पुत्र! 21. मेरे प्रभु के उपदेश के अनुसार तू निश्चित रूप से गलत रास्ते पर है।

22. हे त्राशो! 23. तू जिसे गलत रास्ता मानता है, 24. वही सच्चा रास्ता है

25. हे यम-ज़लाल! 26. मेरे प्रभु के उपदेश के अनुसार तू निश्चित रूप से पाप के मार्ग पर है।

27. हे त्राशो! 28. जिसे तू पाप का मार्ग समझता है, 29. सच पूछ तो वही पुण्य का मार्ग है।

30. हे यम-ज़लाल! 31. मेरे प्रभु की पवित्र पुस्तकों के अनुसार तू लोगों बहकाने आया है।

32. तब—

33. यम-ज़लाल ने अपना स्वर ऊँचा किया 34. और स्पष्ट शब्दों में कहा 35. कि हे त्राशो! 36. तू और तेरे खोखले ईश्वर के भक्त सचमुच विचित्र अन्धे हैं। 37. तुम सब उसी भ्रमपूर्ण मार्ग पर आगे बढ़ रहे हो, 38. जिस मार्ग पर तुम्हारे बाप-दादा 39. और तुम्हारे बड़े-बूढ़े 40. और तुम्हारे पूर्वज चले थे। 41. प्रकाश को तुम इसीलिए प्रकाश कहते हो, क्योंकि तुमसे पहले के लोगों ने इसे प्रकाश कहा है। 42. इन लोगों ने यदि प्रकाश को अन्धकार कहा

होता, 43. तो आज तुम भी प्रकाश को प्रकाश के रूप में अस्वीकार करनेवालों में होते। 44. और 45. सत्य के मार्ग को तुम सच्चा मार्ग इसीलिए कहते हो, 46. क्योंकि तुमसे पहले के लोगों ने इसे सच्चा मार्ग कहा है। 47. उन लोगों ने यदि असत्य को सच्चा मार्ग कहा होता, 48. तो आज तुम भी सत्य को सच्चे मार्ग के रूप में अस्वीकार करनेवालों में होते।

49. इसलिए हे त्राशो!

50. भ्रम के जाल को तोड़।

51. कोहरे में से बाहर निकल।

52. वास्तविकता को स्वीकार कर।

53. क्योंकि—

54. वास्तविकता को अस्वीकार करनेवाला कभी सुखी नहीं होता।

55. तब 56. त्राशो ने उसे फटकारा 57. कि यदि तू और तेरा असत्य का मार्ग हमारे प्रभु के धर्म से बढ़कर है, तो उसका प्रमाण क्या है? 58. क्या तेरा अमर कहलानेवाला पिता मेरे बुढ़ापे को जवानी में बदल सकता है?

59. तब यम-ज़लाल ने बतलाया 60. कि यदि तू सचमुच ऐसी ही इच्छा रखता है, 61. तो ऐसा करना मेरे पिता के लिए एकदम सरल

बात है। 62. इसलिए हे त्राशो! 63. आज रात तू अपने विवाह की अँगूठी लेकर उसमें से सात बार पेशाब कर। 64. तुझे फिर से अपनी जवानी मिल जाएगी।

20 : अँगूठी में से सात बार पेशाब

1. यद्यपि त्राशो को यम-ज़लाल के शब्दों पर विश्वास नहीं हुआ, 2. फिर भी 3. उसने अँगूठी में से सात बार पेशाब कर चमत्कार देखने का निश्चय किया। 4. अब समस्या यह आई 5. कि एक रात के लिए यम-ज़लाल 6. और उसके बन्दी अनुयायियों को कहाँ रखा जाए? 7. क्योंकि ओपारकोमान देश में ईश्वर का राज्य था 8. और उस देश में एक भी बन्दीगृह नहीं था। 9. साइबेकास नगर में भी कोई बन्दीगृह नहीं था, 10. न कोई सिपाही था। 11. इसलिए 12. नगरपति त्राशो ने सब बन्दियों को अपने महल के तहखाने में डाल दिया 13. और वह स्वयं रात होने की प्रतीक्षा करने लगा।

14. अन्ततः वह रात भी आई कि जिसकी उसे बड़ी व्याकुलता से प्रतीक्षा थी 15. और सारी रात जागकर उसने यम ज़लाल के आदेशानुसार विवाह की अँगूठी में से सात बार पेशाब किया। 16. और देखो! 17. उसने सातवीं बार पेशाब किया, उसके बाद 18. उसके सफेद बाल काले हो गए 19. और उसके चेहरे पर की झुर्रियाँ गायब हो गईं। 20. उसकी कमर सीधी हो गई 21. और

उसकी चमड़ी युवकों की चमड़ी की तरह खिंचकर स्निग्ध हो गई
22. और उसकी धमनियों में दौड़ते रक्त की गति बढ़ गई 23. और
24. वह दौड़ता हुआ यम-ज़लाल के पास आया और 25. उसके
चरणों में गिर पड़ा।

26. तब यम-ज़लाल ने कहा 27. कि पश्चात्ताप करनेवालों के
लिए क्षमा है 28. और अन्धे देखनेवाले बनने की इच्छा रखें तो
उनके लिए भी मेरे पिता के पास मार्ग है। 29. परन्तु 30. धिक्कार
है उन लोगों पर 31. जो चमगादड़ की तरह होते हैं। 32. क्योंकि
मार्ग में शैतान मिलने पर वे कहते हैं 33. कि हमारा देवता तू ही
है 34. और मार्ग में ईश्वर के दर्शन होने पर वे उसकी पूजा करने
लग जाते हैं। 35. धिक्कार है उन लोगों पर, 36. जो कायर हैं,
37. क्योंकि वे लोग 38. यह जानते हुए भी कि शैतान के तर्क स्पष्ट
39. और मानव समाज के लिए लाभदायक हैं, 40. ईश्वर से डरते
हैं। 41. धिक्कार है उन लोगों पर 42. कि जो जीवन-भर शैतान के
आदेशों पर चलकर साधन-सम्पन्न बन जाते हैं, 43. परन्तु जीवन
के अन्तिम क्षणों में ईश्वर की शरण में चले जाते हैं।

21 : सुख पल-भर का होता है

1. अब यह बात साइबेकास नगर के एक कोने से दूसरे कोने तक फैल गई 2. और चमत्कार की इस बात को पवन दूर-दूर के गाँवों तक उड़ा ले गया। 3. दूर-दूर के गाँवों से युवक, वृद्ध, स्त्री और पुरुष यम-ज़लाल के दर्शनों के लिए दौड़े आए। 4. तब 5. यम-ज़लाल ने उनको सम्बोधित करते हुए कहा 6. कि स्वर्ग और नरक की बातें केवल भ्रम हैं। 7. जो कुछ है, वह बस यही जन्म है। 8. जो कुछ है, वह बस यही पल है। 9. जो पल को खो देता है, वह अपने सुख को खो देता है। 10. और जो पल को निचोड़ लेता है, वह धन्य हो जाता है। 11. तदनन्तर—

12. उसने एक दीपक का दृष्टान्त दिया। 13. एक दीपक 14. कि जिसको तुम जलाते हो, 15. उसकी ज्योति कहाँ से आती है, 16. यह तुम नहीं जानते। 17. और इस दीपक के बुझ जाने पर उसकी ज्योति कहाँ चली जाती है, 18. यह भी तुम नहीं जानते। 19. इसीलिए मैं कहता हूँ, 20. हमारा यह जीवन दीये की ज्योति के समान है। 21. आज हमारे जीवन की यह ज्योति जल रही है,

22. एक दिन यह बुझ जाएगी। 23. फिर भी शास्त्री 24. और पंडित 25. और ईश्वर के भक्त कहते हैं 26. कि बुझी हुई जीवन की ज्योति एक बार फिर जल उठती है। 27. मनुष्य मृत्यु के बाद फिर से जन्म लेता है। 28. यह केवल अन्धश्रद्धा है। 29. क्या तुम्हारे बाप-दादा 30. और बड़े-बूढ़े 31. और पूर्वजों में और कोई मृत्यु को प्राप्त हुआ व्यक्ति आज तक उठकर तुम्हारे सामने आया है?

32. और ईश्वर के दूत यह भी कहते हैं 33. कि जब तुम अन्तिम बार मृत्यु को प्राप्त होओगे, 34. तब तुम्हें ईश्वर के स्वर्ग में स्थान मिलेगा। 35. इस स्वर्ग में तुम्हारे लिए अप्सराएँ होंगी। 36. तब मैं ईश्वर के इन दूतों से पूछता हूँ 37. कि कोई पुरुष मेरे पिता के आदेशानुसार 38. इस धरती पर एक से अधिक स्त्रियों से सम्बन्ध रखता है, तो उसे तुम पाप कहते हो 39. और उसी पुरुष को तुम स्वर्ग में अनेक अप्सराओं का लालच देते हो! 40. क्या समझदार के लिए यह सीधे-सीधे धोखा नहीं है?

41. इसलिए—

42. महान शैतान की आराधना करो 43. और पाप को जानो। 44. तुम्हें पुण्य को जानना हो तो भी तुम पहले पाप को जानो 45. और एक बार जब तुम पाप को जान लोगे तो फिर पुण्य को जानने की इच्छा नहीं रहेगी। 46. विश्वास रखो, 47. तुम्हारा सुख समाधि में नहीं, 48. सम्भोग में है।

22 : स्त्री और पुरुषों के विषय में

1. एक शाम साइबेकास के नगरवासियों ने एकत्र होकर समारोह किया। 2. उसी शाम लोगों के मन से नरक की आग का भय दूर करने के लिए यम-ज़लाल ने एक लम्बी खाई खुदवाई 3. और उसमें लाल-लाल अंगारे भरवा दिए। 4. फिर वह स्वयं उन धधकते अंगारों पर से शान्त चित्त से डग भरता निकल गया। 5. तब देखनेवाले धन्य-धन्य पुकार उठे।

6. फिर यम-ज़लाल ने अपने सभी अनुयायियों से कहा 7. कि हे मेरे पिता में आस्था रखनेवालो! 8. तुम भी इस आग पर चले आओ, 9. ताकि तुम्हारे मन से सारी शंकाएँ दूर हो जाएँ। 10. उसका आदेश सुनकर उसकी दोनों शिष्याएँ, 11. ईशी और मीशी सबसे पहले अंगारों में कूद पड़ीं। 12. देखकर बाकी के सारे अनुयायी एक के पीछे एक आग पर चल पड़े। 13. अंगारे न किसी के पाँव जला सके 14. और न किसी के पाँव को जरा भी आँच पहुँचा सके।

15. यह सब देखकर युवक बन गए त्राशो का शैतान की 'काली किताब' में दुगुना विश्वास हो गया 16. और उसके महल में सभी स्त्री, पुरुष और बालक अंगारों पर चलने के लिए खुशी-खुशी बाहर निकल आए। 17. यम-ज़लाल ने इन सबको आशीर्वाद दिया 18. और ये सब भी उसके माननेवालों में सम्मिलित हो गए।

19. साइबेकास का यह समारोह सारी रात चलता रहा, 20. जिसमें स्त्रियाँ भी थीं 21. और पुरुष भी थे। 22. जिसमें पत्नियाँ भी थीं 23. और पति भी थे। 24. जिसमें बहनें भी थीं 25. और भाई भी थे। 26. जिसमें माताएँ भी थीं 27. और लड़के भी थे। 28. जिसमें लड़कियाँ भी थीं 29. और पिता भी थे।

30. तब—

31. यम-ज़लाल ने उन सबको सम्बोधित कर स्पष्ट शब्दों में कहा 32. कि हे मेरे अनुयायियो! 33. शैतान का राज्य बन्धनमुक्त है।

34. इसलिए एक पिता अपनी पुत्री के साथ मुक्त होकर व्यवहार कर सकता है।

35. इसलिए एक पुत्र अपनी माता के साथ मुक्त होकर व्यवहार कर सकता है।

36. इसलिए एक भाई अपनी बहन के साथ मुक्त होकर व्यवहार कर सकता है।

37. इसलिए एक पत्नी दूसरे के पति के साथ मुक्त होकर व्यवहार कर सकती है।

38. इसलिए एक पुरुष दूसरे पुरुष के साथ मुक्त होकर व्यवहार कर सकता है।

39. इसलिए एक स्त्री दूसरी स्त्री के साथ मुक्त होकर व्यवहार कर सकती है।

40. इसलिए तुम यह भूल जाओ कि तुम कौन हो? 41. क्यों हो? 42. किसलिए हो? 43. क्योंकि स्त्री चाहे जिस उम्र की हो, 44. अन्ततः वह है तो स्त्री ही। 45. और पुरुष चाहे जिस उम्र का हो, 46. अन्ततः वह है तो पुरुष ही।

47. साइबेकास की वह रात इतिहास में अमर बन गई। 48. शैतान के राज्य का डंका चारों ओर गूँज उठा। 49. 'काली किताब' के काले अक्षर लोगों के मार्गदर्शक बन गए 50. और 51. स्त्री तथा पुरुष सारी रात झूमते रहे, 52. सारी रात वे सुरा का पान करते रहे 53. और सारी रात वे आनन्द मनाते रहे। 54. ऐसा आनन्द कि जो उन्होंने न कभी जाना था, 55. न कभी समझा था।

23 : विदाई

1. त्राशो और उसके नगरवासियों से विदा लेकर यम-ज़लाल का
काफिला शायबेनान की दिशा में आगे बढ़ा 2. कि जो ओपारकोमान
देश की राजधानी था 3. और जहाँ ईश्वर के राज्य का डंका बजता
था। 4. जिस-जिस गाँव में से काफिला गुजरा, 5. उस-उस गाँव
में यम-ज़लाल का बहुत आदर हुआ। 6. और जिस-जिस वन में से
काफिला गुजरा, 7. उस-उस वन के पक्षियों ने अपनी चहचहाहट
से यम-ज़लाल का स्वागत किया। 8. और जिन-जिन नदियों को
काफिले ने पार किया, 9. उन उन नदियों में बसनेवाले जलचरों ने
यम-ज़लाल की नाव के चारों ओर सात-सात फेरे करके उसके प्रति
अपना प्रेम प्रकट किया।

10. मार्ग में एक हरा-भरा स्थान देखकर काफिला रुक गया,
11. क्योंकि अनेक स्त्रियाँ 12. और अनेक पुरुष शायबेनान से यहाँ
तक आकर सारी रात जागते बैठे थे। 13. तब 14. यम-ज़लाल ने
उनको आशीर्वाद दिया 15. और एक ऊँचे-से वृक्ष की एक मजबूत
डाली पर जाकर वह बैठ गया। 16. तदनन्तर उसने कहा—

17. जो पापी हैं, वे धन्य हैं,

18. क्योंकि इस जगत का सुख वे भोगनेवाले हैं।

19. जो खोखले ईश्वर को धिक्कारते हैं, वे धन्य हैं,

20. क्योंकि वे वैभवशाली जीवन जीनेवाले हैं।

21. जो सुरापान करते हैं, वे धन्य हैं,

22. क्योंकि उनके सारे दुख दूर हो जानेवाले हैं।

23. जो व्यभिचारी हैं, वे धन्य हैं,

24. क्योंकि उन्हें परम तृप्ति मिलनेवाली है।

25. जो असत्य वाणी बोलते हैं, वे धन्य हैं,

26. क्योंकि वे ही सच्चा जीवन जीनेवाले हैं।

24 : विवाह-संस्कार के विषय में

1. मानव स्वभाव से मुक्त है, 2. इसलिए कोई उसको बाँध नहीं सकता। 3. मानव स्वभाव से मुक्त है, 4. इसलिए वह किसी एक व्यक्ति से जीवन-भर जुड़ा नहीं रह सकता। 5. यही कारण है 6. कि पतिव्रताओं के मुख तुम्हें सड़े-गले फल-जैसे लगते हैं 7. और व्यभिचारिणियों के मुख लाल अंगूर-जैसे। 8. इसी तरह 9. जीवन-पर्यन्त एक ही स्त्री से जुड़े रहनेवाले पुरुषों की देह समय से पहले ही झुक जाती है 10. और समय-समय पर नई स्त्रियों के साथ सम्बन्ध रखनेवाले पुरुष का शरीर स्फूर्तिवान लगता है। 11. इसीलिए मैं कहता हूँ 12. कि विवाह का संस्कार अर्थहीन है 13. और भनुष्य के मुक्त जीवन को बन्दी बनाने की ईश्वर की चाल है। 14. इस चाल से सावधान होओ 15. और सुखी हो जाओ।

25 : धन की शक्ति के विषय में

1. हे मेरे अनुयायियो!

2. तुम धन इकट्ठा करने की स्पर्धा में जुट जाओ।

3. क्योंकि—

4. तुम जितना अधिक धन इकट्ठा करोगे, 5. समाज में तुम्हारा उतना ही मान बढ़ेगा। 6. और धनहीन मनुष्य सूखे वृक्ष-जैसा होता है, 7. जबकि धनिक ऐसे वृक्ष के समान होता है जिसकी डाली-डाली पर फल-फूल और पत्ते शोभा देते हैं। 8. जिसकी डाली पर पंछी भी बैठने में आनन्द मानते हैं। 9. जिसकी छाया में कोई भी मनुष्य या पशु विश्राम कर सकता है।

10. इसीलिए कहता हूँ—

11. कि निर्धन जन्म लेना और निर्धन जीना, 12. दोनों अपराध समान हैं। 13. धन का मूल्य समझो 14. और धन की पूजा करो।

15. क्योंकि 16. जहाँ धन होता है, वहीं विश्व के समस्त सुख होते हैं। 17. और जहाँ धन नहीं होता, वहाँ विश्व के समस्त रोग और दुख होते हैं। 18. धन की शक्ति पहचानो 19. और धन की इच्छा करो। 20. क्योंकि धन मनुष्य के साथ-साथ ईश्वर को खरीदने की शक्ति रखता है।

21. जिस देश के पास अधिक धन होता है, वह देश समृद्ध कहलाता है 22. और जिस देश में निर्धनता होती है, उस देश पर समृद्ध देश अपना प्रभुत्व जमा लेते हैं। 23. अब तुम्हीं निश्चित करो 24. कि तुम्हें धनवान देश-जैसा शक्ति-सम्पन्न बनना पसन्द है या 25. निर्धन देश-जैसा निर्बल? 26. इसीलिए कहता हूँ 27. कि समाज तथा देश की उन्नति के लिए धन का मोह रखो 28. और 29. जो लोग धन को हाथ का मैल कहते हैं, 30. उन लोगों से सावधान हो। 31. क्योंकि वे लोग तुम्हारे हाथ का मैल झाड़कर अपने घर में इकट्ठा करते हैं। 32. और यह मत भूलो 33. कि जो लोग धन की परवाह नहीं करते, 34. उनकी परवाह मेरे पिता शैतान भी नहीं करते।

26 : नशे के नियमित सेवन के विषय में

1. धन्य हैं वे लोग 2. कि जो नियमित रूप से सुरा का सेवन करते हैं, 3. क्योंकि वे सच्चा जीवन बिता सकते हैं। 4. और जो नशे से दूर रहते हैं, वे जीवन के अनेक सुखों से वंचित रहते हैं। 5. धन्य हैं वे लोग 6. कि जो नशे में चूर रहते हैं, 7. क्योंकि वे नशे की हालत में अनेक असम्भव कार्य सम्भव कर डालते हैं, 8. जिसकी वे बिना नशे की हालत में कल्पना भी नहीं कर सकते। 9. इतना कहने के बाद शैतान-पुत्र यम-ज़लाल ने एक दृष्टान्त सुनाया, 10. जो इस प्रकार था—

11. महारोग की स्थिति में एक युवक मृत्यु के पंजे में फँस गया। 12. वह अन्तिम साँस ले रहा था। 13. तब 14. शैतान उसके बिछौने के पास उपस्थित हुआ 15. और उसने कहा 16. कि हे युवक! 17. मैं तेरी आयु में पचास साल की वृद्धि कर सकता हूँ, 18. बशर्ते कि तू मेरा एक आदेश मानने को तैयार हो। 19. अन्तिम साँसें गिनता वह लड़का तत्काल बोला 20. कि अगर मेरी आयु में पचास के आधे वर्षों की भी वृद्धि हो सके तो मैं कुछ भी करने को

तैयार हूँ। 21. तब शैतान ने कहा 22. कि यदि तू सचमुच ऐसी इच्छा रखता है तो अपनी माँ को घर से नंगा करके निकाल बाहर कर। 23. युवक काँप उठा। 24. वह दीन स्वर में गिड़गिड़ाया 25. कि हे शैतान! 26. यह सम्भव नहीं है, 27. क्योंकि मुझे उसी ने जन्म दिया है। 28. मैं उसकी ओर अँगुली तक उठाने की कल्पना नहीं कर सकता।

29. तब—

30. शैतान ने उससे दूसरी बात कही 31. कि हे युवक! 32. यदि ऐसा है तो तू अपनी पत्नी की हत्या कर डाल! 33. युवक फिर विगलित हो गया। 34. वह बोल उठा 35. कि हे शैतान! 36. यह भी सम्भव नहीं है, 37. क्योंकि मेरी पत्नी ने न दिन देखा न रात। 38. पिछले तीन वर्षों से मेरी बीमारी में उसने दिन-रात मेरी सेवा की है। 39. उसकी हत्या मैं कैसे कर सकता हूँ?

40. तब—

41. शैतान ने पल-भर विचारकर उसके सामने अन्तिम प्रस्ताव रखा 42. और कहा 43. कि, हे युवक! 44. देख! 45. यह सुरा का पात्र है। 46. तुझे इसमें से केवल दो घूँट सुरा पीनी है 47. और मुझे विश्वास है कि इतना तू अवश्य करेगा। 48. तब युवक हर्षोन्मत्त होकर बोल उठा 49. कि यह तो एकदम आसान है। 50. यदि मेरी आयु में पचास वर्ष बढ़ते हों तो में पूरा पात्र गटागट चढ़ा जाने के लिए तैयार हूँ। 51. और वह सचमुच पूरा पात्र गटागट पी गया।

52. तब हे श्रद्धालुओ! देखो!

53. उसके विचारों में बड़ा भारी परिवर्तन आ गया। 54. दूसरे ही क्षण उसने अपनी बूढ़ी माँ के सारे वस्त्र फाड़ डाले 55. और उसे नंगा कर घर से बाहर धकेल दिया। 56. युवक की पत्नी अपनी स्नेहमयी सास का यह कँपा देनेवाला अपमान न देख सकी, 57. इसलिए अपने पति को समझाने का प्रयास करने लगी। 58. तब युवक ने उसके पेट में छुरा घोंप दिया 59. और उसकी हत्या कर डाली।

60. इसीलिए कहता हूँ कि—

61. जो लोग सुरा का सेवन करते हैं, 62. उनका मन दृढ़ हो जाता है। 63. वे बड़े-से-बड़ा असम्भव कार्य भी कर सकते हैं।

64. धन्य हैं वे लोग भी, 65. जो मनमर्जी के चाहे जिस शब्द का उपयोग करते हैं, 66. क्योंकि उनका मन मुक्ति का अनुभव करता है। 67. धन्य हैं वे लोग भी 68. कि जो हत्या करते हैं, 69. क्योंकि उन्हें कोई ग्रन्थि यातना नहीं देती। 70. धन्य हैं वे लोग भी 71. कि जो निर्बलों को चूस लेते हैं, 72. क्योंकि यह प्रकृति का नियम है 73. कि बड़ी मछली छोटी मछली को खा जाती है।

27 : बदला लेने के विषय में

1. शास्त्रों में यह कहा गया है 2. कि कोई तुम्हारे एक गाल पर तमाचा मारे, तो तुम उसके सामने दूसरा गाल कर दो। 3. पर मैं तुमसे कहता हूँ 4. कि कोई तुम्हारे एक गाल पर तमाचा मारे, तो तुम उसे दूसरे गाल पर तमाचा मारने का अवसर न दो, 5. बल्कि उसे जमीन सुँघा दो, 6. क्योंकि इसी में तुम्हारी कुशलता है। 7. और कोई तुम्हारा एक दाँत तोड़ने का साहस करे, 8. तो तुम उसकी बत्तीसी तोड़ दो, 9. क्योंकि तुम इसी तरह अपनी धाक बैठा सकते हो। 10. और कोई तुम्हारी एक आँख फोड़ने का साहस करे, 11. तो तुम उसकी दोनों आँखों में लोहे की धधकती सलाख भोंक दो, 12. क्योंकि इसी में तुम्हारी भलाई है। 13. और कोई तुम्हारे एक कुटुम्बी की हत्या करे, 14. तो तुम उसके सारे वंश को नष्ट कर डालो, 15. क्योंकि इसी तरह से तुम बलशाली कहलाओगे। 16. और 17. जो कोई तुम्हारा हृदय परिवर्तन करने के लिए आए, 18. तो उसे जीवित मत लौटने दो, 19. क्योंकि सबसे भयानक मनुष्य वही होता है।

28 : यम-ज़लाल की हत्या का षड्यंत्र

1. ओपारकोमान की राजधानी शायबेनान के मार्ग में माअलदाअल
नामक एक नगर था। 2. यम-ज़लाल अपने अनुयायियों के साथ इस
नगर में पहुँचा, 3. तो वहाँ बसनेवाले तोमारीनियों ने यम-ज़लाल को
दावत दी 4. और उसके भोजन में विष मिलाकर उसे मार डालने
का षड्यंत्र रचा।

5. अब इस रहस्य की जानकारी दिव्य चक्षुवाले यम-ज़लाल को हो गई
6. और उसने अपने अनुयायियों को सावधान कर दिया— 7. खबरदार!
8. इस नगर का पानी कोई मत पीना, 9. क्योंकि इसमें विष बहता
है। 10. और इस नगर के अन्न का एक ग्रास तक कोई अपने मुँह
में मत डालना, 11. क्योंकि इसमें हलाहल विष मिला हुआ है।

12. तब देखो!

13. यम-ज़लाल के अनुयायियों के साथ तोमारीनी भी चौंक उठे।
14. तोमारीनियों ने दौड़ते-दौड़ते आकर यम-ज़लाल के पाँव पकड़

लिये 15. और कहा 16. कि हे हमारे देवता! 17. हमसे बहुत बड़ी भूल हुई। 18. पर तू तो दिव्य पुत्र है, 19. क्या तू विष को अमृत नहीं कर सकता?

20. इस पर यम-ज़लाल ने पूछा 21. कि क्या तुम लोग मेरी परीक्षा लेने की इच्छा रखते हो? 22. तब उन लोगों ने कहा 23. कि देवता के पुत्र के लिए तो यह एकदम मामूल बात है। 24. यम-ज़लाल ने उसी क्षण हाथ ऊँचा किया 25. और कहा 26. कि तथास्तु! 27. यदि तुम्हारी यह इच्छा है तो ऐसा ही होगा। 28. जाओ, 29. जिस भोजन में तुमने विष मिलाया है, 30. वह अमृत है, 31. इसलिए उसे खाओ। 32. और जिस शरबत में तुमने विष मिलाया है, 33. वह अमृत है, 34. इसलिए उसे पियो।

35. यम-ज़लाल की वाणी सुनकर उसके अनुयायी और तोमारीनी एक साथ भोजन पर टूट पड़े। 36. सबने पेट भरकर खाया 37. और शरबत पिया।

38. तब देखो!

39. सभी तोमारीनी 40. कि जिन्होंने भोजन किया था और पानी पिया था, 41. गिर पड़े 42. और यम-ज़लाल के सभी अनुयायी 43. कि जिन्होंने उनके साथ ही भोजन किया था और पानी पिआ था, 44. जीवित बैठे रहे। 45. तब यम-ज़लाल ने अपने अनुयायियों को सम्बोधित करते हुए कहा 46. कि इससे तुम सबक लो 47. कि जो लोग अपना भला नहीं चाहते, 48. उनका भला मेरे पिता भी नहीं चाहते।

49. उसके बाद यम-ज़लाल ने अपने अनुयायियों को भोजन के विषय में उपदेश दिया 50. कि शैतान ने तुम्हारे लिए प्रत्येक पशु का मांस उचित ठहराया है, 51. इसलिए तुम निस्संकोच होकर पशु का मांस खाओ 52. और प्रत्येक पशु में अपने गुण-धर्म होते हैं, 53. इसलिए उन गुणों के अनुसार पशु को चुन-चुनकर उसका मांस खाओ। 54. क्योंकि 55. सिंह जंगल का राजा कहलाता है 56. और उसके मांस में सच्ची शक्ति होती है, 57. इसलिए तुम शक्ति के लिए सिंह का मांस खाओ। 58. और सियार चालाक तथा बुद्धिमान प्राणी होता है, 59. इसलिए तुममें यदि इस गुण की मात्रा कम हो तो सियार का मांस खाओ। 60. और भेड़िया पशुओं में क्रूर प्राणी कहलाता है, 61. इसलिए जो उसका मांस खाएगा, उसमें उसके गुण प्रविष्ट हो जाएँगे।

62. परन्तु

63. याद रहे कि

64. इन सब प्राणियों की अपेक्षा मनुष्य का मांस सर्वोत्तम और सर्वाधिक स्वादिष्ट होता है। 65. इसलिए तुम अपने दुश्मनों को युद्ध में पराजित कर 66. उनको जीवित या मृत बन्दी बना लो 67. और फिर उनको भूनकर, उबालकर, तलकर या फिर कच्चा ही खा जाओ 68. और उनका रक्त घूँट-घूँट कर पी जाओ, 69. क्योंकि यह प्रथा हजारों वर्ष पुरानी है 70. और इसे तुम लगभग भूल चुके हो। 71. क्या तुमने उन जातियों के विषय में नहीं सुना है कि जो मनुष्य का शिकार करती हैं? 72. और क्या

तुमने उन जातियों के बारे में नहीं सुना है कि जो अपने प्रिय जनों को धरती में नहीं दबातीं, 73. बल्कि उनका मांस खाकर समारोह मनाती हैं? 74. और क्या तुम उस जाति के विषय में नहीं जानते कि जिस जाति के पुरुष 75. अपने तत्काल जन्मे शिशुओं का मांस खाने के लिए अनेक पत्नियाँ करते हैं?

76. और—

77. जो एक बार मनुष्य का मांस खा लेते हैं तथा उसके रक्त का स्वाद पा लेते हैं, 78. उन्हें दूसरे किसी भी पशु का मांस और रक्त फीका लगता है, 79. क्योंकि 80. शेर एक बार मनुष्य का मांस चख लेने के बाद नरभक्षी बन जाता है 81. और इसका कारण मनुष्य के मांस का उत्तम स्वाद ही है। 82. इसलिए तुम इस स्पष्ट उक्ति को समझो 83. और इससे शिक्षा लो।

29 : शायबेनान में प्रवेश

1. ओपारकोमान देश की राजधानी शायबेनान में बलबोन नामक राजा राज्य करता था। 2. अब वह वृद्ध हो चुका था, 3. फिर भी वह खोखले ईश्वर का अडिग भक्त था। 4. यम-ज़लाल के अनेक चमत्कार तथा उपदेशों की बातें उसके कान में पड़ी थीं। 5. वह अपने मंत्रियों को दरबार में बुलाकर उनके साथ मंत्रणा कर रहा था, 6. तभी उसे सूचना मिली 7. कि यम-ज़लाल का काफिला राजधानी की सीमा में प्रवेश कर चुका है।

8. अब बलबोन के पेट में हूल उठी, 9. फिर भी उसने किसी को इसकी सूचना न होने दी, 10. क्योंकि शैतान के पुत्र के स्वागत की इस बीच उसने पूरी तैयारी कर ली थी। 11. यम-ज़लाल तथा उसके अनुयायियों को हराने के लिए, 12. उसने एक सौ शक्तिशाली और बलिष्ठ पुरुषों को ईश्वर का भय दिखाकर 13. लड़ाकू बना लिया था, 14. क्योंकि राजधानी में एक भी लड़नेवाला न था 15. और एक सौ सशक्त पुरुषों को ईश्वर का भय दिखाकर 16. चौकीदार बना लिया था। 17. क्योंकि राजधानी में एक भी चौकीदार नहीं

था। 18. और एक विशाल बन्दीगृह उसने चिनवाकर तैयार रखा
था, 19. क्योंकि ईश्वर के राज्य में एक भी अपराध नहीं होता
था 20. और उसमें एक भी बन्दीगृह नहीं था। 21. और एक सौ
मांस-विक्रेताओं को ईश्वर का भय दिखलाकर जल्लाद बना लिया
था, 22. क्योंकि ईश्वर के राज्य में एक भी अपराध नहीं होता था
23. और किसी को मृत्युदंड भी नहीं दिया जाता था।

30 : यम-ज़लाल की चुनौती

1. यम-ज़लाल अपने अनुयायियों के साथ गलियों और चौराहों में से शैतान का जय-जयकार बुलवाता हुआ 2. और 'काली किताब' का प्रचार करता हुआ आगे बढ़ रहा था। 3. तब सौ योद्धाओं ने उन्हें अचानक घेर लिया 4. और राजा बलबोन की आज्ञानुसार उनको बन्दी बनाकर दरबार में ले आए। 5. तब 6. बलबोन ने कहा 7. कि हे यम-ज़लाल! 8. जिस मार्ग पर तू चल रहा है, वह निश्चित रूप से सच्चा मार्ग नहीं है, 9. इसीलिए मेरा निवेदन है 10. कि तू ईश्वर का मार्ग स्वीकार कर ले, 11. क्योंकि इसी में तेरा और तेरे अनुयायियों का भला है।

12. तब यम-ज़लाल ने प्रतिप्रश्न किया 13. कि इसका क्या प्रमाण 14. कि ईश्वर ने तुम्हें जो मार्ग दिखाया है, वह सच्चा ही है। 15. इस पर बलबोन ने कहा 16. कि ईश्वर ने अपनी सारी दिव्य पुस्तकों में यही कहा है 17. कि जो लोग मुझे भजेंगे, 18. वे लोग इस लोक और परलोक में सुख भोगेंगे।

19. बलबोन की इस मूर्खताभरी बात को सुनकर यम-ज़लाल को कहना पड़ा 20. कि हे ईश्वर के अन्धे भक्त! 21. इसको प्रमाण नहीं कह सकते। 22. यह तो एक पक्षीय बात हुई 23. और एकतरफ़ा तर्क विश्व के किसी न्यायालय में स्वीकृत नहीं होता। 24. और यदि एकतरफ़ा तर्क ही तुम्हें स्वीकारना हो तो, 25. तुम मेरे पिता शैतान की 'काली किताब' में लिखे स्पष्ट तर्कों को क्यों नहीं मानते?

26. तब बलबोन ने कहा 27. कि शैतान जरूर लोगों को बहकाता है 28. और लोगों को व्यभिचार के मार्ग पर खींचता है 29. और हत्या और छल-कपट सिखलाता है 30. और पाप की दिशा दिखलाता है। 31. इसलिए शैतान के आदेश सच्चे हो ही नहीं सकते। 32. इसलिए पश्चात्ताप कर 33. और ईश्वर से त्राण माँग।

34. तब यम-ज़लाल ने अपना स्वर थोड़ा ऊँचा करते हुए कहा- 35. हे बलबोन! 36. मुझे तुम लोगों पर दया आती है, 37. क्योंकि 38. जिसे तुम अपना रक्षक मानते हो, 39. वही ईश्वर प्रति वर्ष तूफ़ान लाकर लोगों को घर-द्वारहीन बना डालता है। 40. फिर भी तुम उसे रक्षा करनेवाला कहते हो? 41. जो ईश्वर प्रति वर्ष नदियों के जल को स्थल पर बहाकर हजारों लोगों के प्राण हर लेता है, 42. फिर भी तुम उसे रक्षक कहते हो? 43. और जो ईश्वर भूकम्प तथा ज्वालामुखी द्वारा लाखों लोगों को नष्ट कर डालता है, 44. उसे फिर भी तुम रक्षक कहते हो? 45. और जो ईश्वर भयानक रोगों और दुष्काल द्वारा करोड़ों जीवों को धरती में समा लेता है, 46. उसे फिर भी तुम रक्षक कहते हो? 47. और जो ईश्वर तुम्हारे कोमल,

निर्दोष बालकों तक को हड़प लेने में नहीं हिचकिचाता, 48. वह कैसे रक्षक हो सकता है?

49. इसीलिए कहता हूँ कि

50. वह तुम्हारा रक्षक नहीं, 51. बल्कि वही तुम्हारा भक्षक है।

52. यम-ज़लाल की ऐसी स्पष्ट वाणी सुनकर बलबोन और उसका सारा दरबार स्तब्ध रह गया।

31 : एक अद्‌भुत चमत्कार

1. राजा बलबोन और उसके मंत्रियों ने अन्दर-ही-अन्दर मंत्रणा
की 2. और शैतान के पुत्र यम-ज़लाल को उन्होंने चुनौती दी 3. कि
यदि तेरा पिता शैतान और उसकी 'काली किताब' सच्ची है तो इसका
प्रमाण क्या है? 4. तब हे श्रद्धालुओ, देखो!

5. यम-ज़लाल ने अपनी खड़ाऊँ निकालकर भरे दरबार में ऊपर
उछाली 6. और वह खड़ाऊँ नीचे न गिरकर सभा-सदस्यों के सिर के
ऊपर ही स्थिर हो गई। 7. यह देखकर बलबोन हँस पड़ा 8. और
बोला 9. कि यह तो साफ़-साफ़ जादू है। 10. और हे यम-ज़लाल!
11. हमारे देश में तुझसे बड़े कई जादूगर मौजूद हैं।

12. फिर उसने आज्ञा देकर बड़े-बड़े सभी जादूगरों को बुलवा
लिया 13. और वे अपना खेल दिखाने के लिए व्याकुल होने लगे।
14. तब बलबोन ने उनसे कहा 15. कि हे जादूगरो! 16. क्या
तुम कोई ऐसा चमत्कार कर सकते हो 17. जो इस शैतान के पुत्र
के लिए असम्भव हो? 18. तब जादूगरों के सरदार कहा 19. कि

हे महाराज! 20. शैतान के पुत्र ने तो केवल एक खड़ाऊँ हवा में स्थिर रखी है, 21. पर हम तो स्वयं हवा में तैर सकते हैं।

22. और फिर उन्होंने मंत्र पढ़े 23. और एक के बाद दूसरा जादूगर धरती पर से अपने पाँव उठाने लगा, 24. एक के बाद एक वे जादूगर सभा सदस्यों के सिर के ऊपर तैरने लगे। 25. यह दृश्य देखकर सभा-सदस्य आश्चर्यचकित रह गए 26. और बलबोन की छाती गर्व से फूल गई 27. और वह फिर बोला 28. कि हे 'काली किताब' में विश्वास रखनेवाले! 29. अब बोल 30. कि तुममें और जादूगरों में क्या अन्तर है?

31. तब—

32. यम-ज़लाल ने उसके शब्द सुने ही नहीं, 33. क्योंकि वह मन-ही-मन शैतान का स्मरण कर रहा था। 34. उसकी आँखें लाल हो गई थीं 35. और वह बार-बार अपना एक पाँव पछाड़ रहा था। 36. अन्त में वह इतने जोश में आ गया कि लोग उसके शब्द साफ-साफ सुनने लगे। 37. और वह आवेश में आकर इतनी जोर से पाँव पटकने लगा 38. कि धरती काँप उठी।

39. तब देखो!

40. सभा-सदस्यों के सिर पर पक्षियों की तरह चक्कर काटते जादूगर टपाटप नीचे गिरने लगे 41. और सारे दरबार में हाहाकार मच गया। 42. बलबोन तथा उसके सलाहकार स्तब्ध रह गए। 43. वे

कुछ समझें, उससे पहले ही शैतान ने यम-ज़लाल के कान में फूँक मारी 44. कि हे मेरे पुत्र! 45. तेरी भलाई इसी में है 46. कि तू अपने अनुयायियों को लेकर शायबेनान क सीमा के बाहर चला जा 47. और ये अन्धे तेरे पीछे पड़ें, इससे पहले ही तू दूर-दू चला जा। 48. तेरी और तेरे अनुयायियों की रक्षा करने का भार मुझ पर है। 49. और मैं इसका विश्वास दिलाता हूँ कि तेरा एक बाल भी बाँका नहीं होगा 50. शैतान अमर है।

32 : पानी पर चलना

1. बलबोन राजा की सभा में भारी खलबली मच गई थी। 2. बलबोन की बुद्धि मारी गई थी। 3. शैतान जिसको चाहता है, उसकी बुद्धि पर पत्थर पड़ जाते हैं। 4. और जिसको चाहता है उसकी बुद्धि तलवार की धार की तरह तेज हो जाती है। 5. बलबोन की ऐसी दुर्दशा देखकर उसके मंत्रियों ने योद्धाओं को आज्ञा दी 6. कि शैतान के पुत्र और उसके अनुयायियों को बन्दी बनाकर बन्दीगृह में डाल दो। 7. पर वे सभी बेड़ियों से छूटकर शैतान के आदेशानुसार राजदरबार के बाहर चले गए थे।

8. तब देखो! 9. कि एक सौ योद्धाओं तथा एक सौ चौकीदारों तथा एक सौ जल्लादों तथा सहस्त्रों ईश्वरभक्तों की एक पूरी सेना उनके पीछे पड़ गई। 10. इनमें से अनेक के हाथों में जंग लगी तलवारें 11. तथा जंग-लगे छुरे 12. तथा बहुत दिनों से काम में न आए भाले 13. और तीर-क़मान भी थे। 14. यम-ज़लाल तथा उसके अनुयायी निरस्त्र थे, 15. फिर भी निर्भय थे, 16. क्योंकि

सबसे खतरनाक 17. और कभी न चूकनेवाले शस्त्र-जैसा शैतान
स्वयं उनका रक्षक था।

18. यम-ज़लाल अपने अनुयायियों के साथ फुलाम नदी के किनारे
आ पहुँचा। 19. तब नदी के दोनों किनारे तलातल थे। 20. यम-
ज़लाल ने आज्ञा के लिए अपने दिव्य पिता की ओर आँखें ऊँची
कीं 21. और एक बार फिर आकाशवाणी उसके कानों में गूँज
उठी 22. कि हे मेरे आज्ञाकारी पुत्र! 23. जिसे तू पानी समझता है,
वह तो तेरे लिए खुश्की है, 24. इसलिए निःसंकोच आगे बढ़ जा।

25. तब देखो!

26. यम-ज़लाल ने पानी पर पाँव रखा 27. और नदी के पानी ने
उसका भार झेल लिया। 28. यम-ज़लाल और उसके सारे अनुयायी
पानी पर डग भरते हुए सकुशल उस पार पहुँच गए।

29. अब बात यों हुई 30. कि बलबोन राजा के एक सौ योद्धाओं
तथा एक सौ चौकीदारों तथा एक सौ जल्लादों तथा हजारों ईश्वरभक्तों
ने यह अद्भुत चमत्कार देखा, 31. तब उनमें से अनेक नदी
किनारे की सूखी रेत पर लेट गए 32. और ऊँची आवाज में कहने
लगे 33. कि हे शैतान! 34. ईश्वर सचमुच में खोखला है 35. और
हम सचमुच विचित्र अन्धे थे। 36. हे शैतान! 37. तूने हमारी आँखें
खोल दी हैं। 38. तू ही हमारा रक्षक है। 39. इसलिए तू हमारी
रक्षा करना, 40. हमें इन अत्याचारियों के पंजे से मुक्ति दिलाना,
41. क्योंकि हम भी तेरे ही भक्त हैं।

42. उन्हें इस प्रकार शैतान की शरण लेता हुआ देखकर बाकी के ईश्वर भक्त 43. 'धिक्कार! धिक्कार! धिक्कार!' 44. कहने लगे 45. और योद्धाओं तथा चौकीदारों तथा जल्लादों तथा नागरिकों में फूट पड़ गई। 46. उनमें से आधे लोगों ने शैतान को अपना देवता स्वीकार कर लिया था, 47. जबकि बाकी के आधे अभी भी अन्धों में सम्मिलित थे। 48. इसलिए वे भीतर-ही-भीतर झगड़ने लगे 49. और एक-दूंसरे पर जंग लगी तलवारों से हमला करने लगे। 50. एक-दूसरे के पेट में छुरा घोंपने लगे।

51. अब इस दंगे का समाचार राजधानी शायबेनान में फैल गया 52. और पहले से फैली अन्धाधुन्ध और भी बढ़ गई। 53. तब ईश्वर के भक्त और शान्ति के दूत एक-दूसरे पर खून के प्यासे पशुओं की तरह टूट पड़े 54. और गली-गली 55. और चौराहे-चौराहे 56. और राजधानी की इंच-इंच धरती पर लड़ाई होने लगी। 57. तब शैतान द्वारा की गई भविष्यवाणी सच्ची उतरी 58. कि यम-ज़लाल भारी क्रान्ति करेगा 59. और खोखले ईश्वर के राज्य का अन्त निकट आ गया है।

33 : यम-ज़लाल का साईबेकास में फिर से लौटना

1. साईबेकास की नगरी में यम-ज़लाल अपने अनुयायियों के साथ विजय-पताका फहराता हुआ लौटा। 2. तब साईबेकास के नगरपति त्राशो तथा सुखी हुए साईबेकास के नगरवासियों ने उनका भव्य स्वागत किया 3. और कहा 4. कि हे यम-ज़लाल! 5. शैतान के राज्य की तथा शैतान के मुख्य लिंग की स्थापना यहीं कर, 6. जिससे हमारी नगरी का नाम इतिहास के पृष्ठों में स्वर्णाक्षरों में लिखा जाए 7. और हम धन्य हो जाएँ। 8. यम-ज़लाल ने उनकी विनती को सहर्ष स्वीकारते हुए कहा 9. कि हे त्राशो! 10. ऐसा ही होगा, इसलिए तू निश्चिन्त रह!

11. फिर 12. शैतान के पुत्र के आदेशानुसार 13. शैतान के मुख्य मन्दिर की चिनाई का काम-काज शुरू हो गया 14. और नगरवासी बड़े उत्साह से दिन-रात काम करने लगे। 15. थोड़े ही समय में मन्दिर की चिनाई पूरी हो गई 16. और उसमें शैतान के तेरह बालिश्त ऊँचे लिंग की स्थापना हो गई। 17. इसके अतिरिक्त मुख्य मन्दिर के आँगन में 18. शैतान की एक मूर्ति तराशी गई,

जिसका रंग काला था, 19. जिसकी देह मनुष्य की थी 20. और जिसका लिंग असामान्य था, 21. किन्तु जिसका सिर तथा हाथ-पाँव बकरे के थे, 22. जिसके मुख पर तीव्र वासना तथा व्यंग्य का भाव था। 23. यह अद्‌भुत मूर्ति मानव के मन में बसनेवाले शैतान का प्रतीक रूप थी, 24. जिसकी ऊँचाई भी तेरह फुट से अधिक न थी।

25. इसके बाद 26. यम-ज़लाल के आदेशानुसार इस शिल्प की पीठिका पर तीन नाम खुदवाए गए, 27. जो इस प्रकार थे—

28. ल्यूसिफर (कि जो अपवित्र आत्माओं का राजा है)

29. बाल्ज़बूल (कि जो उसका प्रधानमंत्री है)

30. एस्टोरेथ (कि जो उसका मंत्री है)

31. इन तीन नामों के नीचे और छह नाम जोड़े गए,

32. जो इस प्रकार थे—

33. ल्यूसिफयुग

34. शैतानाचिया

35. अगालिआरेप्ट

36. फलीयुरेट्टी

37. सगातानस

38. और 39. नेबरोस

40. जब लोगों ने इन छह नामों की शक्ति के बारे में यम-ज़लाल
से पूछा, 41. तो उसने इस प्रकार उनका समाधान किया 42. कि
हे साईबेकासवासियो! 43. जो कोई ल्यूसिफयुग को पूजता है, वह
धन्य है, 44. क्योंकि ल्यूसिफयुग का विश्व के खजाने पर वर्चस्व
है। 45. जो कोई शैतानाचिया को पूजता है, वह धन्य है, 46. क्योंकि
शैतानाचिया का स्त्रियों पर वर्चस्व है 47. और वह स्त्रियों से अपना
मनचाहा काम करवा सकता है। 48. जो कोई अगालिआरेप्ट को
पूजता है, वह धन्य है, 49. क्योंकि अगालिआरेप्ट सृष्टि के सभी
दरबारों का रहस्य जानता है और वह त्रिकालज्ञानी है। 50. जो कोई
फलीयुरेट्टी को पूजता है, वह धन्य है, 51. क्योंकि फलीयुरेट्टी
रात का राजा है 52. और अँधेरी रात में चाहे जितना असम्भव कार्य
हो, वह सम्भव बना सकता है। 53. बर्फ के तूफानों और बवंडरों
पर उसका अधिकार है। 54. जो कोई सगातानस को पूजता है,
वह धन्य है, 55. क्योंकि सगातानस महागुणी है। 56. सगातानस
तुम्हें अदृश्य करके एक स्थान से दूसरे स्थान तक ले जा सकता है।
57. विशेष रूप से तुम्हारे लिए वह हर प्रकार का ताला खोल सकता
है। 58. तुम्हें हर घर का चित्र दिखा सकता है 59. और साथ
ही तुम्हें चमत्कार भी सिखा सकता है। 60. जो कोई नेबिरोस को
पूजता है, वह धन्य है, 61. क्योंकि नेबिरोस की शक्ति तुम्हारे चाहे

जिस शत्रु को नष्ट-भ्रष्ट कर सकती है। 62. नेबिरोस तुम्हारा भाग्य तुम्हारे चरणों में लाकर रख सकता है। 63. विशेष रूप से वह तुम्हें धातुओं तथा जड़ी-बूटियों तथा पशु-पक्षियों के गुण-धर्मों की जानकारी दे सकता है। 64. वह तुम्हारा भाग्य भी कह सकता है। 65. जो इन छहों देवताओं की पूजा करता है, वह धन्य है, 66. क्योंकि उस पर ये छहों आकाशदेवता अपना कृपा-जल बरसा सकते हैं।

34 : स्पष्ट संकेतों के विषय में

1. शैतान के राज्य की स्थापना हो गई 2. कि जिसकी उसने पहले ही सूचना दे दी थी 3. और साथ ही अनेक संकेत भी दिए थे। 4. इन संकेतों में से एक यह था 5. कि शेर और बकरी एक ही बर्तन में से पानी पीते हुए दिखाई पड़ेंगे, 6. पर सच्चाई कुछ दूसरी ही होगी। 7. इन संकेतों में से दूसरा यह था 8. कि ईश्वर के ठेकेदार गरीब तथा निर्दोष लोगों को ईश्वर का झूठा भय दिखलाकर उनका शोषण करेंगे 9. और उन्हें चूस लेंगे। 10. इन संकेतों में से तीसरा यह था कि 11. इस दिन ईश्वर के अन्धे भक्त एक-दूसरे के शत्रु बनकर अपने-अपने बन्धु-बान्धवों की हत्या करेंगे।

12. ये सब 13. और ऐसे अनेक संकेतों की चेतावनी एकदम खरी उतरी थी 14. और शैतान के राज्य की स्थापना हुई थी। 15. इस स्थापना का समारोह मनाने के लिए सब बड़े उतावले हो गए थे। 16. वे बड़ी आतुरता से कृष्ण-पक्ष की चौदस की रात की प्रतीक्षा कर रहे थे। 17. अन्ततः यह रात भी आ पहुँची 18. और

19. लोग झुंड-के-झुंड शाम से ही शैतान के मुख्य मन्दिर के विशाल आँगन में जमा होने लगे।

20. वे सब जोड़े-के-जोड़े आते थे, 21. क्योंकि यम-ज़लाल का आदेश था 22. कि हर पुरुष अपने साथ एक स्त्री को लेकर आए 23. और हर स्त्री अपने साथ एक पुरुष को लेकर आए। 24. फिर उस स्त्री के साथ का पुरुष उसका पति हो 25. या पिता हो 26. या भाई हो 27. या पुत्र हो। 28. फिर उस पुरुष के साथ की स्त्री उसकी पत्नी हो 29. या माता हो 30. या बहन हो 31. या पुत्री हो। 32. क्योंकि स्त्री का रूप चाहे जो हो, 33. अन्ततः वह होती स्त्री ही है। 34. और पुरुष का रूप चाहे जो हो, 35. अन्ततः वह होता पुरुष ही है।

36. शैतान के राज्य में स्त्री-पुरुष में भेदभाव नहीं था 37. और बन्धन भी नहीं था। 38. शैतान की मूर्ति के सामने सब समान थे 39. और मशाल के प्रकाश में शैतान का जय-जयकार कर रहे थे।

40. तब देखो!

41. हाथ में मोमबत्ती लेकर यम-ज़लाल शैतान की मूर्ति की ओर आगे बढ़ा।

42. उसके दाहिने कन्धे से सटकर ईशी डग भर रही थी। 43. उसके बाएँ कन्धे से सटकर मीशी डग भर रही थी। 44. उसकी पीठ पीछे 45. उसके चुने हुए सात अनुयायी 46. मुख पर काला नकाब

डालकर चल रहे थे। 47. इन सबके हाथ में एक-एक जलती हुई मोमबत्ती थी।

48. यम-ज़लाल तथा उसके अनुयायी शैतान की मूर्ति के पास तक आ पहुँचे 49. और चारों ओर सन्नाटा छा गया। 50. पूजा-विधि शुरू हुई। 51. यम-ज़लाल दो सीढ़ियाँ चढ़कर शैतान की मूर्ति की बगल में खड़ा हो गया। 52. तब उसके सातों अनुयायियों ने ईशी और मीशी के साथ शैतान की मूर्ति की सात बार परिक्रमा की 53. और बुत के आस-पास खड़े हो गए।

54. इतनी विधि हो जाने के बाद 55. यम-ज़लाल द्वारा चुनी गईं और रूपवती सात स्त्रियाँ आगे आईं। 56. उनके चेहरे भी काले नकाब से ढके हुए थे 57. और उनके हाथों में भी एक-एक मोमबत्ती थी। 58. उनसे अलग सोलह वर्ष की एक कन्या 59. कि जो कुँवारी 60. और ओपारकोमान देश की सबसे सुन्दर युवती भी थी, 61. धीरे-धीरे डग भर रही थी। 62. सात नकाबपोश सुन्दरियों के साथ सौन्दर्य की इस देवी ने भी शैतान की मूर्ति की सात बार परिक्रमा की 63. और सातों नकाबपोश स्त्रियाँ 64. सातों नकाबपोश अनुयायियों की पीठ पीछे 65. पीठ टेककर खड़ी हो गईं 66. और सौन्दर्य की देवी ने यम-ज़लाल की बगल में स्थान ग्रहण किया।

67. तब हे श्रद्धालुओ, देखो!

68. शैतान की आधे मनुष्य और आधे पशु की देह एकाएक डोल उठी 69. और उसके डोल उठने के बाद सौन्दर्य की देवी निर्वस्त्र

हो गई। 70. कि हे शैतान! 71. कि हे शैतान! 72. हमारे देवता! 73. मैं तेरी शरण में आई हूँ, 74. इसलिए मेरी रक्षा कर और ईश्वर के जल्लादों से मुझे दूर रख। 75. तब यम-ज़लाल ने उसके हाथ में पेशाब से भरा एक बर्तन दिया, 76. जो उसने उस भव्य लिंग पर चढ़ा दिया 77. और साथ ही उस गीले लिंग से लिपट गई 78. और उसके लिपट जाने के बाद वह शैतान की वधू कहलाई।

79. शैतान की वधू की विधि पूर्ण होने पर श्रद्धालुओं में चेतना आई 80. और वे इस अँधेरी रात के लिए विशेष रूप से तैयार किए गए भोजन पर टूट पड़े। 81. ईश्वर के छलपूर्ण स्वर्ग के कल्पित भोजन की अपेक्षा शैतान के मन्दिर का यह भोजन हजार-हजार गुना स्वादिष्ट था। 82. और ईश्वर के छलपूर्ण कल्पित पेय की अपेक्षा यहाँ का पेय हजार-हजार गुना मीठा था।

83. जैसे-जैसे लोग खाते गए 84. और पीते गए, 85. वैसे-वैसे उनका नशा बढ़ता गया। 86. नशे में चूर होकर वे नाचने लगे। 87. स्त्री-पुरुष एक-दूसरे की पीठ के साथ पीठ भिड़ाकर झूमने लगे। 88. नशे में झूमते और गाते वे गोल-गोल घूम रहे थे 89. और आकाश को भेदनेवाली चीखें भी मार रहे थे, 90. मानो वे अपनी सारी वेदनाओं 91. और सारे दुखों से मुक्त हो रहे थे, 92. मानो वे अपनी मूल काया में प्रविष्ट होकर आदि मानव बन गए थे। 93. और मनुष्य का सच्चा रूप यही था, 94. जिसे ईश्वर का भय दिखानेवाले महात्माओं तथा पैगम्बरों तथा शास्त्रियों और पंडितों ने पीस डाला था।

35 : शैतान दर्शन देता है

1. जब लोग नशे में पागल हो उठे, 2. तब शैतान ने प्रसन्न होकर उन्हें दर्शन दिए। 3. अपने चेहरे पर नकाब डाल वह अपनी ही मूर्ति के पास एकदम नग्न खड़ा था। 4. उसके पाँव के पास 5. अपने दोनों पाँव यथासम्भव फैलाए ओपारकोमान देश की सबसे सुन्दर कन्या सोई थी, 6. जो कि शैतान का वरण कर चुकी थी। तब 7. शैतान ने अपने पुत्र की ओर देखकर पूछा— 8. हे यम-ज़लाल! 9. क्या तू जानता है कि मेरी यह वधू कौन है? 10. तब यम-ज़लाल ने सिर ऊँचा उठाकर उत्तर दिया— 11. हे मेरे दिव्य पिता! 12. मैं जानता हूँ 13. कि जो नग्न युवती तुम्हारे चरणों में सोई है, 14. वह और कोई नहीं, 15. मेरी अपनी ही माता कलशायली है, 16. जो अपना रूप बदलकर आज मेरे सामने आई है।

17. तब शैतान ने एक काली बिल्ली उठाई और उस रूपवती कन्या के पेट पर फेंक दी। 18. और हजारों की भीड़ एक साथ घुटने टेककर बैठ गई। 19. उनके होंठ खुल गए। 20. वे एक स्वर से बोल उठे— 21. हे तारनहार! 22. मुक्तिदाता! 23. धरती और

आकाश के राजा! 24. फिर शान्ति हो जाने पर 25. नकाबपोश सातों अनुयायियों और नकाबपोश सातों स्त्रियों ने शैतान की मूर्ति पर गोश्त के टुकड़े फेंके। 26. लोगों के लिए यह भी संकेत था 27. कि खोखले ईश्वर के टुकड़े तुम्हारे सामने हैं, 28. इसलिए जागो 29. और मौज करो।

30. तब शैतान ने अपने पुत्र को ही पहल करने का आदेश दिया— 31. इसलिए यम-ज़लाल 32. अपने दोनों पाँव फैलाकर धरती पर नग्न लेटी रूपवती कन्या 33. कि जो शैतान की वधू थी 34. और उसकी अपनी माँ कलशायली थी, 35. उस पर टूट पड़ा। 36. माता और पुत्र एक हो गए।

37. तब देखो!

38. शैतान के मन्दिर के आँगन में अँधेरी रात में इकट्ठा हुए सभी पुरुष 39. और सभी स्त्रियाँ सब कुछ भूलकर एक हो गए। 40. जिस पुरुष की बगल में जो स्त्री थी, 41. वह उसकी हो गई। 42. जिस स्त्री की बगल में जो पुरुष था, 43. वह उसका हो गया। 44. भाई-बहन, 45. माँ-बाप, 46. पति-पत्नी 47. जैसे तुच्छ और सांसारिक बन्धन टूट गए। 48. सब खोखले चेहरे मिट गए। 49. सारे भय भाग गए, 50. क्योंकि शैतान ने स्त्रियों को बचन दिया था 51. कि वे ज्यादा भारी नहीं होंगी।

52. ऐसे भव्य और निर्लिप्त वातावरण में शैतान के साथियों ने अनेक चमत्कार दिखाए 53. कि जिससे खोखले ईश्वर के खोखले

नरक का भय लोगों के मन में से सदा के लिए दूर हो जाए। 54. ल्यूसिफर कि जो अपवित्र आत्माओं का राजा कहलाता है, 55. वह जलते अंगारों पर चला 56. और उसने कहा 57. कि देखो! 58. ईश्वर का नरक इसी तरह खोखला है। 59. बाल्ज़बूल कि जो ल्यूसिफर का प्रधानमंत्री है, 60. उसने तेजाब पिया 61. और कहा 62. कि देखो! 63. यह कोई कठिन कार्य नहीं। 64. एस्टोरेथ कि जो ल्यूसिफर का मंत्री है, 65. उसने अपनी देह में लोहे की धधकती सलाख घोंप ली 66. और कहा 67. कि देखो! 68. यह सब बालक के खेल-जैसा सरल है। 69. जो कोई शैतान के राज्य में विश्वास रखेगा, वह ये सब 70. और इनसे भी और बड़े-बड़े चमत्कार कर सकेगा। 71. जो कोई शैतान की 'काली किताब' में विश्वास रखेगा, 72. उसकी रक्षा 'काली किताब' ही करेगी।

73. तब शैतान के प्रधानमंत्री ल्यूसिफर ने कहा 74. कि क्या तुम लोगों ने यम-ज़लाल को पानी पर चलते हुए नहीं देखा था? 75. और उसके विश्वासपात्र अनुयायी भी क्या उसके पीछे-पीछे पानी पर नहीं चले थे? 76. इसीलिए मैं कहता हूँ 77. कि शैतान अमर है।

78. शैतान के मन्दिर की स्थापना का यह उत्सव प्रभात की प्रथम किरण आने तक चला 79. और पौ फटने के साथ ही सब अपने-अपने घर 80. निर्मल-जैसे होकर लौट गए। 81. तब देखो 82. कि जिन-जिन स्त्रियों ने इस उत्सव में भाग लिया था 83. और उनमें से जिन-जिन स्त्रियों ने सच्चे हृदय से शैतान को अपने देवता के रूप में स्वीकार कर लिया था, 84. उन सभी स्त्रियों के एक-एक अतिरिक्त स्तन निकल आया था।

36 : अनाचारी योगोन

1. अब बात यों बनी 2. कि ओपारकोमान देश की राजधानी में हड़बड़ी फैल जाने पर 3. राजा बलबोन को पदच्युत कर दिया गया 4. और उसका पद उसके पुत्र योगोन ने सम्हाल लिया। 5. योगोन जवान था 6. और अनाचारियों में से एक था। 7. देश-भर में फैली हुई क्रान्ति की आग को कुचल डालने के लिए उसने कठोरता से काम लिया। 8. उसने नियमानुसार योद्धाओं को तैयार करवाया 9. और जड़ से हिल गए ईश्वर के राज्य की रक्षा के लिए उसने एक पूरी सेना खड़ी कर ली। 10. इतना ही नहीं, 11. उसने चुने हुए नागरिकों को बुलाकर 12. ईश्वर के स्वर्ग में प्रत्येक नागरिक को सौ-सौ अप्सराओं और सौ-सौ बगीचों का लालच देकर 13. नियमानुसार शिक्षा दी 14. और उन्हें सिपाही बनाया। 15. प्रत्येक नगर तथा प्रत्येक गाँव में उसने एक-एक बन्दीगृह भी बनाया 16. और जिन-जिन लोगों ने ईश्वर के अस्तित्व की अवमानना करके 17. शैतान को अपना देव करके माना था, 18. उन सबको उसने बन्दी बनवाकर जीवित ही वध-स्तम्भ में चिनवा दिया 19. और उनमें से कइयों को आग में जीवित ही भून डाला 20. और उनमें से कइयों को उसने जंगली जानवरों के पिंजरों में डाल

21. उन्हें जीवित ही खिलवा दिया 22.और उनमें से कइयों को उसने
पेड़ से बाँधकर 23. उनका एक-एक अंग काटकर 24. उनकी
आँखों के सामने ही भूनकर खा गया 25. और 26. इस तरह
शान्ति के इस अहिंसक दूत ने अपनी प्रजा पर अपना प्रभाव जमाया।

27. शैतान के जो कुछ थोड़े-से भक्त अपने प्राण बचा सके थे,
28. वे भू-गर्भ में चले गए थे, 29. क्योंकि शैतान ने उन्हें ऐसा करने
का आदेश दिया था। 30. वे अपने घरों में तथा तहखानों में लिंग
की स्थापना कर उसकी पूजा कर लेते थे 31. और प्रकट रूप में
वे यही कहते फिरते थे 32. कि वे तो ईश्वर के भक्त हैं 33. और
वही हमारा तारनहार भी है। 34. शैतान का यह भी एक आदेश था।

37 : मृत्यु की चेतावनी

1. नरपति त्राशो का साईबेकास 2. कि जहाँ शैतान के मुख्य मन्दिर तथा लिंग की स्थापना हुई थी, 3. वह नगर अभी भी शैतान के पूरे अधिकार में था। 4. यहाँ शैतान के राज्य की पूर्ण स्थापना हो चुकी थी। 5. दूर-दूर से लोग अपने असबाब सहित यहाँ आते थे, 6. जिससे वे शैतान के राज्य में जीने और मरने का अभिमान कर सकें। 7. इनमें से हजारों स्त्री-पुरुष ऐसे भी थे, 8. कि जो योगोन राजा के योद्धाओं तथा सिपाहियों के अत्याचारों से तंग आकर अपना घर-बार छोड़कर छूट भागे थे। 9. इन सब निराश्रितों के लिए यहाँ सुरक्षित स्थान था 10. और यहाँ उनके रहने और खाने-पीने की व्यवस्था भी कर दी गई थी। 11. इनमें से सैकंड़ों स्त्री-पुरुष ऐसे भी थे 12. कि जो शैतान के मुख्य मन्दिर में दर्शनों के लिए आते थे। 13. शैतान के काले लिंग पर फूल, गहने और फल चढ़ाकर मनौती मनाते थे। 14. शैतान को प्रसन्न करने के लिए शिशुओं की बलि भी चढ़ाते थे। 15. साईबेकास के नगरवासियों के हर्ष और उमंग का पार न था।

16. तब देखो!

17. यम-ज़लाल ने मन्दिर के आँगन में अपने अनुयायियों को सम्बोधित करते हुए कहा 18. कि तुम प्रसन्न मत हो, 19. क्योंकि तुममें से एक व्यक्ति मेरी हत्या का कारण बनेगा 20. और शेष मेरा विरोध करनेवालों में से होंगे। 21. ऐसी कटु वाणी सुनकर उसके चुने हुए सातों अनुयायी बोल उठे कि 22. हे हमारे देवता! 23. तुझे सबसे पहले स्वीकार करनेवालों में हम हैं 24. और जीवन के अन्तिम क्षण तक तेरी सेवा करने का हमने वचन दिया है। 25. इसलिए तू हमारे सम्बन्ध में ऐसी धारणा मत रख। 26. तब यम-ज़जाल ने कहा 27. कि मैं तो वही बात कह रहा हूँ 28. कि जिसे मैं प्रत्यक्ष देख रहा हूँ

38 : इच्छाओं के विषय में

1. उस शाम यम-ज़लाल शैतान के मन्दिर में दर्शनों के लिए आए हुए लोगों को उपदेश दे रहा था कि 2. मन की इच्छाओं को मत मारो, 3. क्योंकि जो कोई इच्छाओं को कुचलता है, 4. वह अपने ऊपर अत्याचार करता है। 5. इसलिए यदि तुम्हें बलात्कार करने की इच्छा हो, उसे पूरा करो, 6. क्योंकि मन की अभिव्यक्ति के लिए यह आवश्यक है। 7. और यदि तुम्हें किसी की हत्या करने की इच्छा हो, ऐसा अवश्य करो, 8. क्योंकि हत्या करनेवाला अपने मन की दृढ़ता का परिचय देता है। 9. और यदि तुम्हें निर्वस्त्र घूमने की इच्छा हो, तो ऐसा अवश्य करो, 10. क्योंकि मनुष्य जन्म से ही नग्न होता है। 11. और (हे पुरुषो!) 12. यदि तुम्हें (अनेक स्त्रियों को भोगने के बाद) सबसे सुन्दर कन्या भी आकर्षित न कर सके, 13. तो तुम अवश्य ही किसी पुरुष के साथ सम्बन्ध जोड़ लो, 14. क्योंकि मनुष्य स्वभाव से ही रोमांच की इच्छा रखता है। 15. और (हे स्त्रियो!) 16. तुम नित नए वस्त्र बदलती हो, 17. इसी तरह पुरुषों को भी बदल सकती हो, 18. क्योंकि एक ही वस्त्र रोज पहनना किसी को नहीं रुचता। 19. और (हे स्त्रियो!)

20. यदि तुम्हें सबसे सशक्त पुरुष भी सन्तोष न दे सके, तो तुम बिना हिचक पशुओं के साथ सम्बन्ध जोड़ो; 21. क्योंकि स्त्रियाँ भी स्वभाव से ही नवीनता की इच्छा रखती हैं। 22. और 23. हे श्रद्धालुओ! 24. इतना ध्यानपूर्वक समझ लो 25. कि जो अपने मन के प्रत्येक आदेश का पालन करता है, 26. उसके मन में कभी कुंठा नहीं होती 27. और वह किसी प्रकार की कुंठा से पीड़ित नहीं होता, 28. इसलिए कहता हूँ 29. कि तुम्हारा स्वर्ग यहीं पर है, 30. यही है 31. और इसमें से कुछ भी ईश्वर के स्वर्ग में नहीं मिल सकता।

39 : राजा योगोन का निमंत्रण

1. यम-ज़लाल अपने अनुयायियों को उपदेश देकर मन्दिर के बाहर निकल रहा था, 2. तभी दो घुड़सवारों से उसकी भेंट हुई। 3. इन दोनों घुड़सवारों ने घोड़ों पर से नीचे कूदकर शैतान के पुत्र को साष्टांग प्रणाम किया। 4. फिर राजा योगोन का सन्देशा पढ़कर सुनाया—

5. कि हे यम-ज़माल!

6. हम तेरे शैतान को अपना देवता स्वीकार करने के लिए तैयार हैं 7. बशर्ते कि तू स्वयं हमारे दरबार में आकर किसी मृतक को जीवित करके दिखला सके। 8. क्योंकि मृतक को जीवित करने की शक्ति एकमात्र ईश्वर तथा उसके पुत्र में ही होती है। 9. इसलिए हमारी तुझे चुनौती है, 10. यदि तू सच्चा है 11. और तेरा शैतान हमारे ईश्वर से बढ़कर है, तो 12. हमारे दरबार में बेधड़क चला आ 13. और मेरी मृत माँ को जीवित करके दिखा।

14. जब यह सन्देशा यम-ज़लाल ने अपने सातों अनुयायियों को कह सुनाया, 15. तब 16. वे सभी योगोन के दरबार में जाने के लिए राजी हो गए। 17. इस पर यम-ज़लाल को उन्हें सम्बोधित कर कहना पड़ा— 18. चमत्कार धर्म नहीं, 19. क्योंकि चमत्कार मात्र चमत्कार ही होता है। 20. तब अनुयायियों ने कहा 21. कि फिर भी बिना चमत्कार के प्रत्येक धर्म अधूरा रहता है, 22. फिर वह धर्म ईश्वर का हो या हमारे देवता शैतान का। 23. यह सुनकर यम-ज़लाल ने फिर तर्क दिया 24. कि हम अपने महान पिता शैतान की सहायता से पानी पर चलते हुए निकल गए, 25. फिर भी हम लोगों को जादूगर कहा गया। 26. मैं योगोन राजा की मरी हुई माँ को जिला दूँ, तब भी वह यही कहेगा 27. कि यह तो जादूगरों का बिना मुकुट का राजा है। 28. फिर भी वे नहीं माने और उन्होंने जिद पकड़ ली 29. और इस तरह यम-ज़लाल की चेतावनी के अनुसार वे सब यम-ज़लाल की हत्या के कारण बने।

40 : हाथी और सियार

1. यम-ज़लाल अपने सातों अनुयायियों को साथ लेकर राजधानी शायबेनान की दिशा में जाने के लिए निकल पड़ा। 2. इन सातों अनुयायियों के अतिरिक्त यम-ज़लाल के साथ अनूप की दो कन्याएँ— 3. ईशी और मीशी 4. भी थीं। 5. और इन दोनों के कन्धों पर हाथ टिकाकर यम-ज़लाल चल रहा था। 6. वे एक घने जंगल में से पैदल यात्रा कर रहे थे, 7. तभी उन्होंने एक अकल्पित दृश्य देखा। 8. एक हाथी को कुछ सियारों ने मिलकर घेर लिया था 9. और यह हाथी सियारों के घेरे में से निकल भागने के लिए जी-तोड़ प्रयास कर रहा था। 10. सियार उसके पाँव, उसकी पूँछ और उसके पेट में दाँत मार रहे थे। 11. दो सियार उसकी चौड़ी पीठ पर चढ़कर मांस का लोंदा काट रहे थे। 12. देखते-देखते हाथी गिर पड़ा 13. और उसके प्राण निकल गए।

14. यह दृश्य देखकर अनुयायियों ने पूछा 15. कि हे हमारे देवता! 16. इसका क्या अर्थ है? 17. क्योंकि ऐसा हृदय-विदारक दृश्य हमने कभी नहीं देखा था 18. और न किसी के मुख से सुना था।

19. तब 20. यम-ज़लाल ने स्पष्ट वाणी में बतलाया 21. कि जिस
तरह से सियारों ने हाथी को फाड़ खाया, 22. उसी तरह राजधानी
के योद्धा और सिपाही मुझे फाड़ खाने का प्रयास करेंगे। 23. फिर
24. यम-ज़लाल ने मृत हाथी की ओर संकेत किया 25. और हाथी
दूसरे ही क्षण खड़ा होकर जंगल में दौड़ गया।

26. यह देखकर सातों अनुयायियों ने फिर प्रश्न किया 27. कि हे
हमारे देवता! 28. इसका क्या अर्थ है? 29. तब 30. यम-ज़लाल
ने स्पष्ट वाणी में कहा 31. कि जिस तरह हाथी को मरा हुआ
मानकर अभी वन में सियार मौज करते होंगे, 32. उसी तरह मुझे
भी मृतक मानकर योगोन की राजधानी में उत्सव मनाया जाएगा।
33. पर वे यह नहीं जानेंगे 34. कि वास्तव में मैं तो जीवित ही
हूँ। 35. उसकी ऐसी स्पष्ट भविष्यवाणी सुनकर भी उसके अनुयायियों
ने उसे अधिक महत्त्व नहीं दिया, 36. तब 37. यम-ज़लाल ने कहा
कि 38. जो अन्त तक मेरा साथ देने की इच्छा रखते हों, 39. वही
मेरे साथ शायबेनान में प्रविष्ट हों; 40. क्योंकि हमारी सच्ची परीक्षा
का दिन अब पास आ पहुँचा है 41. और 42. ऐसा भी हो सकता
है 43. कि तुमसे से जो अन्त तक मेरे प्रति सच्चे रहेंगे, 44. उन्हें
मेरे साथ सलीब पर चढ़ना पड़े। 45. इसलिए मेरी तुमसे विनती
है 46. कि यहाँ से आगे बढ़ने से पहले तुम एक बार विचार कर
लो, 47. परन्तु अनुयायियों ने उसकी एक न सुनी।

41 : शायबेनान में पुनः प्रवेश

1. यम-ज़लाल अपने सातों अनुयायियों और दोनों शिष्याओं के साथ राजधानी में प्रविष्ट हुआ 2. और 3. नगर की सीमा पर ही उसकी दृष्टि एक भीड़ पर पड़ी। 4. उस भीड़ में प्रत्येक व्यक्ति अपने प्रियजन की मृत देह को कफन में लपेटे दीर्घ समय से उसकी प्रतीक्षा में बैठा था। 5. इस भीड़ में से कई तो एक सप्ताह से भी पहले से उसके आने की प्रतीक्षा कर रहे थे 6. कि यम-ज़लाल कब आए 7. और उनके प्रियजनों की मृत देह को जिला दे। 8. इन कफनों में ढँके मुरदों में से कई तो बहुत दिन हो जाने के कारण सड़ने लग गए थे।

9. तब देखो 10. कि यम-ज़लाल पर दृष्टि पड़ते ही मृतकों के प्रियजन उसकी ओर दौड़े 11. और उसके चरणों में लोटने लगे। 12. कि जिससे वह प्रसन्न हो जाए, 13. कि जिससे वह उनके मृतकों को जिला दे।

14. यम-ज़लाल ने ऐसा ही किया।

15. उसने पेशाब से भरा एक बर्तन लिया 16. और दो-दो बूँद
हर मुरदे पर टपका दीं। 17. तब मुरदे उठ बैठे और इस तरह
देखने लगे, जैसे किसी लम्बी नींद से जागे हों। 18. यह अद्भुत
चमत्कार देखकर उन मुरदों के प्रियजन 'धन्य! धन्य! धन्य!' पुकार
उठे। 19. इस पर यम-ज़लाल ने उन्हें सम्बोधित कर उपदेश दिया
20. कि मृतकों को जिला देना यह एक खेल है, 21. परन्तु खोखले
ईश्वर से अपनी रक्षा करना यह सचमुच तुम्हारे लिए कठिन कार्य
है, 22. क्योंकि ईश्वर जब हारता है, 23. तब वह अपना अन्तिम
उपाय काम लाता है, 24. जैसे कि—

25. धरती फाड़कर उसमें हज़ारों निर्दोषों को डाल देता है।

26. और हवा को मुक्त छोड़कर तुम्हारे घर और खेत नष्ट कर देता है।

27. और बर्फ का तूफान लाकर उसमें मनुष्यों को जीवित ही दबा देता है।

28. और समुद्र को निस्सीम करके धरती पर लुढ़का देता है।

29. और नदियों को भी बन्धन-मुक्त करके हाहाकार करते तुम्हारे वंशजों को बहा ले जाता है।

30. इसलिए—

31. मेरी तुमसे विनती है 32. कि अपने रक्षक 33. और एकमात्र आधार 34. शैतान का गुणगान करो 35. तथा उसके आदेशानुसार 36. उसके द्वारा दिखलाए मार्ग पर चलो 37. क्योंकि शैतान ही एकमात्र ऐसी शक्ति है 38. कि जो ईश्वर की शक्ति को चुनौती दे सकती है। 39. और ईश्वर के सारे दाव-पेंचों पर पानी फेर सकती है 40. और ईश्वर की सारी मनोकामनाएँ धूल में मिला सकती है 41. और आज तक वह यही करता आया है। 42. क्या तुम नहीं जानते? 43. क्या ईश्वर के ठेकेदारों को उसने भ्रष्टाचार के मार्ग पर नहीं दौड़ाया? 44. क्या उसने ईश्वर के शान्तिदूतों को अशान्ति का मार्ग नहीं दर्शाया? 45. क्या उसने जीवन-भर पुण्य के मार्ग पर चलनेवालों को अन्तिम क्षणों में अपनी ओर नहीं खींच लिया? 46. ऐसे तो अनेक दृष्टान्त तुम्हारे सामने हैं, 47. फिर भी 48. हे राजधानी के नागरिको! 49. खुली आँखों अन्धे मत बनो 50. और वास्तविकता को स्वीकार करो। 51. जो लोग वास्तविकता को ठुकराते हैं, 52. वे ही दुखी होनेवालों में होते हैं।

42 : योगोन की कपटपूर्ण चाल

1. यम-ज़लाल 2. अनूप की दोनों कन्याओं के कन्धों पर हाथ टिकाए 3. अपने सातों अनुयायियों के साथ जैसे ही योगोन के दरबार में प्रविष्ट हुआ 4. कि एक साथ अनेक योद्धा उन पर टूट पड़े 5. और उनके हाथों और पाँवों में बेड़ियाँ पहना दीं, 6. जिससे वे अपनी इच्छानुसार हिल-डुल न सकें। 7. तब यम-ज़लाल ने देखा, 8. तो उसके सात अनुयायियों में से एक वहाँ नहीं था 9. और वह वही था 10. कि जिसने यम-ज़लाल से यहाँ तक आने की विनती की थी 11. और जोर देकर तर्क किया था। 12. वह वही था 13. कि जिसने योगोन की कपटपूर्ण चाल में आकर अपने देवता को दुश्मनों के जाल में फँसा दिया था।

14. तब देखो कि—

15. यम-ज़लाल की दूसरी चेतावनी भी सच्ची निकली 16. कि मेरे अनुयायियों में से ही कोई मेरी हत्या का षड्यंत्र रचेगा।

43 : ईश्वर के न्यायालय में

1. छल-कपट से यम-ज़लाल और अनुयायियों को बन्दी बनानेवाले 2. बलबोन के पुत्र 3. और ईश्वर के अखंड भक्त योगोन ने न्यायी कहलवाने के लिए एक विशेष न्यायालय भी खड़ा करवाया था। 4. इस न्यायालय में यम-ज़लाल और उसके शेष छह अनुयायी तथा अनूप की दो कन्याएँ बन्दी बने खड़े थे, 5. तब दूसरी ओर 6. शास्त्री तथा पंडित तथा योगोन के मंत्री तथा धर्मात्मा अपने तर्क प्रस्तुत करने के लिए उतावले हो रहे थे 7. और मुख्य न्यायाधीश की गद्दी का स्थान स्वयं योगोन ने लिया था।

8. तब—

9. शास्त्रियों ने तर्क का आरम्भ किया 10. कि हे हमारे राजा और ईश्वर के यायाधीश! 11. यह यम-ज़लाल 12. कि जो अपने को शैतान का पुत्र कहकर गर्व करता है, 13. यह तो प्रत्यक्ष जादूगर है 14. और दृष्टि बाँधने का खेल करके लोगों को पवित्र मार्ग पर से बहकाता है, 15. इसलिए यह ईश्वर का प्रत्यक्ष शत्रु है।

16. देखो! 17. तब यम-ज़लाल ने स्पष्ट शब्दों में तर्क दिया 18. कि हे ओपारमान के राजा योगोन! 19. यदि तुम मुझे जादूगर कहते हो, 20. तो मुझसे पहले के 21. पवित्र पुस्तकों को लेकर आनेवाले ईश्वर के पुत्रों को तुम या कहोगे? 22. क्या उन्होंने भी तुम्हारे सामने अपने चमत्कार नहीं दिखलाए थे? 23. क्या उन्होंने मृतकों को जीवित नहीं किया? 24. और क्या वे भी पानी पर नहीं चले थे? 25. यदि तुम उनको सच्चा कह सकते हो, तो मैं किस तरह झूठा हो सकता हूँ? 26. इसीलिए मैं कहता हूँ 27. कि चमत्कार धर्म नहीं, 28. सत्य नहीं। 29. जो कुछ सच है, 30. वह मेरे पिता शैतान की स्पष्ट वाणी है। 31. जो कुछ सच है, 32. वह मेरे पिता शैतान की 'काली किताब' में स्पष्ट लिखा है। 33. इसलिए समझो 34. और खुली आँखों अन्धे मत बनो।

35. यम-ज़लाल की ऐसी स्पष्ट वाणी सुनकर शास्त्री दुविधा में पड़ गए 36. और न्यायालय में एकत्र हुए स्त्री-पुरुष यम-ज़लाल की रक्षा के लिए मन-ही-मन शैतान का ध्यान करने लगे।

44 : शास्त्रियों के और अधिक तर्क

1. हे हमारे राजा और ईश्वर के न्यायाधीश! 2. जिस शैतान को यम-ज़लाल अपना पिता कहता है, वह है कौन? 3. अरे, यह तो वही है, 4. जिसे ईश्वर ने स्वर्ग के राज्य में से धक्का दे दिया था 5. और फिर हमारे परम कृपालु ईश्वर ने कहा था 6. कि यह तुम्हारा प्रत्यक्ष शत्रु है, 7. इसलिए इससे सावधान रहना।

8. तब—

9. यम-ज़लाल ने दृढ़तापूर्वक तर्क प्रस्तुत किया 10. कि हे बलबोन के पुत्र था शास्त्रियो तथा पंडितो तथा पुजारियो तथा धर्मात्माओ! 11. तुम्हारे तर्क को क्या हो गया है? 12. तुम्हारी बुद्धि कहाँ चली गई है? 13. क्या तुम इतना भी नहीं सोच सकते 14. कि मेरे पिता शैतान की भक्ति के सामने तुम्हारे खोखले ईश्वर को अपनी पराजय स्वीकार करनी पड़ी थी? 15. क्या आज़ तक तुम्हारा ईश्वर मेरे पिता का एक भी बाल बाँका कर सका है? 16. फिर भी तुम इन झूठी कथाओं को अपने ढंग से कहते हो 17. कि मेरे पिता को

ईश्वर ने स्वर्ग के राज्य में से धक्का देकर निकाल बाहर किया था। 18. पर क्षण-भर के लिए यह तो विचार देखो 19. कि ये किसने गढ़ी हैं? 20. तुम कहोगे कि तुम्हारी पवित्र पुस्तकों में ऐसा लिखा गया है। 21. तब मैं फिर पूछूँगा 22. कि इन पवित्र पुस्तकों को किसने लिखा है? 23. इसका एक ही उत्तर हो सकता है 24. कि ईश्वर ने, ईश्वर के देवताओं ने, पैगम्बरों ने, महात्माओं ने, पंडितों ने। 25. पर यह तो एकतरफ़ा बात हुई। 26. क्या विश्व के किसी भी न्यायालय में एकतरफ़ा तर्क स्वीकार किया जाता है? 27. इसका भी एक ही उत्तर हो सकता है 28. कि नहीं। 29. फिर भी तुम अपनी सूझ-बूझ का उपयोग क्यों नहीं करते? 30. फिर भी तुम वास्तविकता को क्यों स्वीकार नहीं करते?

31. और यह मत भूलो 32. कि स्थान-स्थान पर शैतान के राज्य की स्थापना हो रही है 33. और शैतान की 'काली किताब' में विश्वास रखनेवालों की संख्या दिन-पर-दिन बढ़ती जा रही है 34. और शैतान के पुजारियों से धरती पटती जा रही है। 35. फिर भी तुम यह कहने का साहस करते हो 36. कि ईश्वर सर्वाधिक शक्तिशाली है?

37. अरे ओ ओपारकोमान देश के अद्भुत अन्धो! 38. क्या तुम यह भूल गए हो 39. कि यदि शैतान न होता तो आज तुम्हारा अस्तित्व ही न होता। 40. शैतान वही तो है 41. कि जिसने आदम और हव्वा को स्वर्ग की नीरसता से छुटकारा दिलाया। 42. शैतान वही तो है 43. कि जिसने आदम और हव्वा के गुप्तांगों को उनके सामने प्रकट कर दिया, 44. जिससे वे एक-दूसरे को भोग सकें 45. और सन्तानोत्पत्ति कर सकें। 46. शैतान वही तो है 47. कि जिसके

प्रताप से आदम और हव्वा ने पृथ्वी पर पाँव रखे 48. और संसार की वंश-बेल को आगे बढ़ाया। 49. उसी वंश-बेल की एक डाल तुम हो।

50. इसलिए—

51. उसका आभार मानो, 52. क्योंकि शैतान का अस्तित्व न होता, 53. तो आज यह पृथ्वी न होती, 54. पृथ्वी पर तुम न होते, 55. तुम्हारी सन्तानें न होतीं। 56. होती मात्र निर्जनता, 57. भयानकता 58. और वीरानी। 59. इसी वीरानी में शैतान ने फूल खिलाए। 60. इसी वीरानी में शैतान ने राग-रंग तथा आमोद-प्रमोद के साधन पैदा किए। 61. इसी वीरानी में शैतान ने तुम्हारे लिए धरती पर स्वर्ग खड़ा किया, 62. जबकि तुम्हारे ईश्वर ने तो तुम्हें स्वर्ग का वचन मात्र ही दिया। 63. इतना होने पर भी तुम मेरे पिता को धिक्कारते हो?

45 : न्यायालय का घोर अन्याय

1. यम-ज़लाल का ऐसा स्पष्ट तर्क सुनकर न्यायालय में एक कोने से लेकर दूसरे कोने तक सन्नाटा छा गया। 2. फैसला सुनने के लिए एकत्र हुए लोगों को यह विश्वास हो गया था 3. कि यम-ज़लाल ने जो कुछ कहा है, वही सच है 4. और बाकी का सब कुछ झूठ है। 5. परन्तु वे खामोश थे, 6. क्योंकि सलीब पर चढ़ा दिए जाने के भय से उनकी जीभ पेट में उतर गई थी।

7. बलबोन के पुत्र और ईश्वर के न्यायाधीश ने दोनों पक्षों के तर्क सुन लेने के बाद अपना निर्णय दिया कि—

8. आकाश के अपने ईश्वर की सौगन्ध खाकर मैं कहता हूँ कि 9. मैंने दोनों पक्षों के तर्क अक्षरशः सुने हैं 10. और उन्हें सुन लेने के बाद ही मैं अपना निर्णय देता हूँ। 11. आज तक आनेवाली प्रत्येक आकाशीय पुस्तक में यह लिखा है 12. कि शैतान साफ-साफ बहकानेवाला है। 13. और शैतान का यह पुत्र 14. पेंचीदे तर्क देकर वही कर रहा है 15. कि जो उसका बाप इतने दिनों से

करता आया है। 16. और 17. प्रत्येक पवित्र पुस्तक में हमारे ईश्वर ने जो आदेश दिए हैं, वे इस प्रकार हैं 18. कि नास्तिकों, अधर्मियों, बहकानेवालों तथा शैतान के साथियों को अपना प्रत्यक्ष शत्रु समझो। 19. इसलिए वे जहाँ भी मिलें, 20. जिस स्थिति में भी मिलें, 21. बिना हिचकिचाहट उनका वध कर डालो।

22. तब देखो—

23. यम-ज़लाल ने अन्तिम तर्क प्रस्तुक किया 24. कि यदि तुम्हारे ईश्वर का आदेश यही है, 25. तो क्या मैं पूछ सकता हूँ 26. कि तुम्हारे ईश्वर ने अब तक शैतान की हत्या क्यों नहीं की? 27. क्या तुम्हारा आकाशीय ईश्वर यह नहीं जानता था 28. कि शैतान प्रत्यक्षतः बहकानेवाला है 29. कि जो तुम कहते हो 30. या कि फिर शैतान की शक्ति के सामने उसने अपनी हार मान ली? 31. और जो काम वह स्वयं नहीं कर पाया, वह उसने तुम्हें सौंपा

32. और...

33. बलबोन के पुत्र तथा न्यायाधीश ने उसके तर्क को बीच में ही काटते हुए अपना निर्णय पूरा किया 34. कि शैतान के पुत्र और उसके अनुयायियों के लिए मृत्यु के अतिरिक्त और कोई दंड नहीं हो सकता। 35. इसलिए मेरा निर्णय है 36. कि मैं यम-ज़लाल और उसके अनुयायियों और उसकी दोनों शिष्याओं को सलीब पर चढ़ा देने का आदेश देता हूँ।

46 : लोगों में जागृति आती है

1. अब जब बलबोन के पुत्र योगोन ने अपना निर्णय सुनाया, 2. तब यम-ज़लाल के अनुयायियों को अपनी आँख के सामने मृत्यु खड़ी दिखाई दी 3. और वे काँप उठे 4. और वे बोल उठे 5. कि हे योगोन! 6. हम भटक गए थे, 7. इसलिए हमें क्षमा कर दे, 8. क्योंकि आकाशीय पवित्र पुस्तकों में ऐसा भी लिखा है 9. कि ईश्वर महा क्षमाशील है।

10. यम-ज़लाल के अनुयायियों की ऐसी कायरता देखकर न्यायालय में एकत्र हुए स्त्री-पुरुषों के होंठ खुल गए 11. और वे चिल्ला उठे 12. कि 'धिक्कार! धिक्कार! धिक्कार!' 13. और न्यायालय में अभूतपूर्व आपाधापी फैल गई, 14. शास्त्रियों तथा पंडितों तथा धर्मात्माओं तथा न्यायालय की ओर की दिशा में स्त्री-पुरुष अपने जूते तथा जो कुछ भी हाथ में आया, वह फेंकने लगे। 15. परन्तु दूसरे ही क्षण योगोन के तैयार योद्धा इन श्रद्धालुओं पर टूट पड़े 16. और उनको चाबुक से मारने लगे 17. और तलवार से उनके सिर धड़ से उड़ाने लगे 18. और तीरों से उनकी देह को बींध-बींध कर छलनी

बनाने लगे। 19. तब शैतान के ये निःशस्त्र माननेवाले निढाल हो
गए। 20. उनमें से अधिकांश का खून तो न्यायालय में ही बह गया
था 21. और शेष को योद्धाओं तथा सिपाहियों ने बन्दी बना लिया,
22. जिससे यम-ज़लाल के साथ उन्हें भी सूली पर चढ़ाया जा सके।

47 : यम-ज़लाल का सलीब पर लटकाया जाना

1. यम-ज़लाल तथा उसकी दोनों शिष्याओं 2. तथा उसके भक्तों
3. तथा उसके माननेवालों के हाथ और पाँव में लोहे की भारी बेड़ियाँ
पहनाकर चौकीदार उन्हें कोड़े मारते हुए सलीबों की ओर ले चले।
4. और वे जिस रास्ते से निकले, 5. उस पर बसनेवालों ने यम-
ज़लाल पर पत्थर बरसाए। 6. और वे जिस गली में से गुजरे, 7. उस
गली में रहनेवालों ने यम-ज़लाल पर बार-बार थूका। 8. और जिस
चौक में से होते हुए वे निकले, 9. उस चौक में जमा हुई भीड़ ने
उनको कोसा।

10. यम-ज़लाल और उसके माननेवाले इस समस्त अपमान को
सहन करते हुए सलीबवाले खुले मैदान में आ पहुँचे। 11. तब
सिपाहियों ने उनकी बेड़ियाँ खोल डालीं 12. और साथ में कपड़े
भी उतार लिये 13. और उनके शरीर पर से मूल्यवान वस्तुएँ भी
खसोट लीं और आपस में ही बाँट लीं। 14. फिर वे यम-ज़लाल
और उसके पिता शैतान का मजाक उड़ाने लगे 15. कि हे शैतान
के पुत्र! 16. अपने बाप को कह 17. कि वह तेरी सहायता के

लिए आए, 18. जिससे हमें विश्वास हो जाए कि 19. तू सच्चों में से है 20. तब यम-ज़लाल ने उनसे कहा 21. कि मेरे पिता मेरी सहायता के लिए आएँगे, तब भी तुम यही कहोगे 22. कि यह दृष्टि बाँधनेवाला बड़ा जादूगर है, 23. इसलिए तुम्हें जो काम सौंपा गया है, वह काम करो।

24. इससे सिपाहियों ने स्वयं को अपमानित महसूस किया 25. और उन्होंने यम-ज़लाल के मुँह पर थूका 26. और कुछ और चाबुक उसकी नंगी पीठ पर मारे। 27. फिर 28. उन्होंने यम-ज़लाल को सलीब पर चढ़ा दिया। 29. उसे सलीब पर चढ़ा देने के बाद 30. उन्होंने 'काली किताब' में विश्वास रखनेवालों को भी एक के बाद एक सलीब पर चढ़ा दिया। 31. और सबको सलीब पर चढ़ा देने के बाद वे ऊँची-ऊँची आवाज में कहने लगे 32. कि देखो!

33. यह ऐसा नादान है 34. कि जो ईश्वर के मन्दिरों का नाश करने के लिए आया था 35. और अपना ही विनाश कर बैठा। 36. यह ऐसा मूर्ख है 37. कि जो लोगों को नई दिशा दिखलाने आया था 38. और स्वयं ही भटक गया। 39. यह ऐसा तारनहार है 40. कि जो लोगों की सहायता करने आया था 41. और अपनी ही सहायता नहीं कर सका। 42. सिपाहियों की ऐसी व्यंग्य-भरी वाणी 43. और मजाक सुनकर वध-स्थल में एकत्र शास्त्री तथा पंडित तथा धर्मात्मा और ईश्वर के भक्त ठठाकर हँसने लगे।

44. तब—

45. सलीब पर लटके यम-ज़लाल ने आकाश से उतरते अन्धकार
की ओर देखा और कहा 46. कि हे मेरे पिता शैतान! 47. ये लोग
यह नहीं जानते कि ये क्या कर रहे हैं, 48. क्योंकि ईश्वर ने इनकी
आँखों पर पट्टी बाँध दी है 49. और आँखें होते हुए भी ये अन्धे
हो गए हैं।

48 : शैतान के पुत्र की मृत्यु

1. तब तेरहवीं होरा से तीन दिनों तक ओपारकोमान देश पर पूर्ण
अन्धकार छाया रहा 2. और कड़-कड़ करती बिजली कड़कती
रही 3. और धरती मानो फटने-फटने को होने लगी 4. और कितनी
ही कब्रें उधड़ गईं 5. और कितने ही मृतक किलकारी मारते उठ
बैठे 6. और उनके उठ बैठने के साथ ही ईश्वर के मन्दिरों में दरारें
पड़ गईं 7. और भूकम्प के धक्के बार-बार लगने लगे 8. दूर-दूर
के ज्वालामुखियों के मुख अंगारे बरसाने लगे 9. और पवन की
गति तीव्र हो गई 10. और उसके झोंके चारों दिशाओं में टकराने
लगे 11. और उससे कितने ही घर, कितने ही वृक्ष धराशायी हो
गए 12. और जल-मार्ग से जानेवाली कितनी नौकाओं को पहाड़
जितनी ऊँची-ऊँची लहरों ने घेर लिया 13. और सारे जंगलों में जैसे
भयानक आग लग गई हो, इस तरह 14. उन वनों के पशु-पक्षी
चीत्कार करने लगे।

15. तब देखो—

16. यम-ज़लाल ने अन्तिम वाणी कही 17. कि अब तो समझो! 18. अभी भी समझ जाओ 19. कि खोखले ईश्वर की अपेक्षा मेरे पिता महान हैं! 20. और इन अन्तिम शब्दों का उच्चारण करते हुए उसने प्राण त्याग दिए। 21. तब झोंकों से चलता पवन स्थिर हो गया 22. और बिजली आकाश के पीछे छिप गई 23. और समुद्र का जल शान्त हो गया 24. और ज्वालामुखी का मुख फिर से बन्द हो गया 25. और वन के प्राणियों का चीत्कार रुक गया 26. और खुल गई कब्रें फिर से बन्द हो गईं 27. और खुल गई कब्रों के बन्द हो जाने के बाद शान्त वातावरण में शैतान की स्पष्ट वाणी गूँज उठी 28. कि हे खोखले ईश्वर के खोखले भक्तो! 29. तुम यह समझते रहना कि तुमने मेरे प्रिय पुत्र यम-ज़लाल को सलीब पर चढ़ाकर उसके प्राण लिये, पर 30. जिसके तुमने प्राण लिये हैं, वह तो कोई और ही था। 31. इसलिए तुम 'काली किताब' में विश्वास रखो 32. और 'काली किताब' में दिखलाए गए मार्ग पर चलो। 33. 'काली किताब' मानव मात्र के उद्धार के लिए स्पष्ट उक्तियों के साथ भेजी गई है। 34. समझनेवालों के लिए 'काली किताब' किसी आकाशीय पुस्तक की अपेक्षा अधिक श्रेष्ठ है।